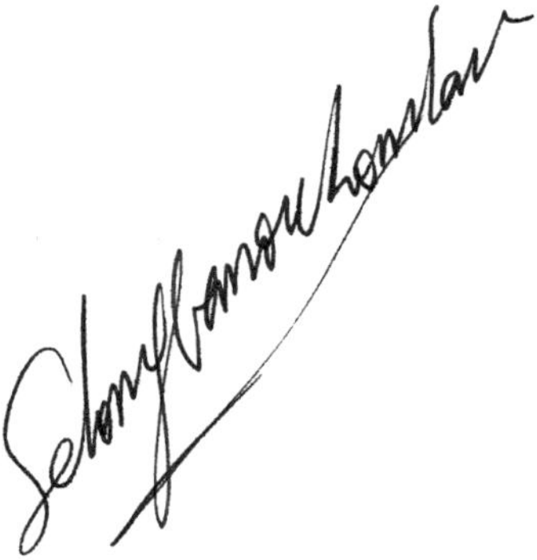

Au bout du monde

Titre original : *Un enfant dans la guerre*

1er prix du concours de l'Agence de la Francophonie de littérature africaine pour enfants - Édition 1996

Loi n° 49-956 du 16 juillet 1949
Sur les publications destinées à la jeunesse.

Illustrations : Alexis Lemoine.

ISBN 2-906067-69-5
Dépôt légal : septembre 2001.

FLORENT COUAO-ZOTTI

Charly en guerre

ÉDITIONS DAPPER

À Falétie, Marcuse, Duncan
Joël et William

À tous les enfants d'Afrique et du monde
qui font une guerre qui n'est pas la leur.

Chapitre 1

L'enfant tenterait-il de résister une énième fois ? Aurait-il la force de refuser la millième épreuve à laquelle son compagnon – le jeune rebelle – voulait le soumettre ?

« Ce n'est qu'un enfant, pensa-t-il. Un simple enfant, vulnérable comme tous les gosses de son âge, peureux comme une feuille qui frissonne à la moindre colère du vent, innocent comme du lait frais… Il fléchira, j'en suis sûr. »

L'épreuve – il le reconnaissait lui-même – n'était pas la plus violente, ni la plus humiliante ; mais elle lui semblait dure et insupportable. En y cédant, il était conscient qu'il perdrait de son intégrité et que sa vie, probablement, risquait de basculer pour toujours.

Il connaissait – quoique vaguement – les ravages de la drogue. Son père, depuis fort longtemps, l'en avait toujours convaincu : « le *gandja* torture la tête et brûle la cervelle ».

Alors résister ? Tenir encore seul à seul avec lui, dans cette vaste forêt inhospitalière, isolés du monde ?

Le jeune homme terminait ses préparations : le joint avait été méticuleusement roulé, ses contours bien ajustés, les herbes qui débordaient, dégagées. Il ne lui restait qu'à sortir son briquet et à en allumer le bout. Ce qu'il fit. L'herbe lâcha aussitôt une grosse flamme qui claqua comme une lanière de bœuf. Le jeune rebelle mit à la verticale la partie rougeoyante pour éviter qu'elle se consume rapidement. Alors, il ferma les yeux, inspira et glissa la drogue entre les lèvres. Une sensation étrange lui traversa la tête. La fumée relâchée forma, au-dessus de son nez, un bouquet dru, cotonneux et, lentement, se dispersa au vent.

— Maintenant, c'est à toi, Petit Charly, fit-il. N'aie pas peur. La première fois, ça te gratte la gorge. Après, ça passe. Allez, vas-y !

L'enfant était tout tremblant. Il serrait sur son corps chétif sa chemise noire de crasse comme s'il voulait y trouver refuge. Il aurait tant aimé disparaître d'un trait de ce lieu ; il aurait tant aimé remonter dans le ventre de sa mère pour y trouver protection et sécurité. Mais il n'y avait aucun moyen pour lui de s'esquiver ou de se dissoudre dans la nature. Personne pour lui venir à la rescousse. Personne pour l'aider à surmonter la peur, la très grande peur de l'épreuve.

— Cesse de trembler comme une feuille, gronda le jeune homme. Il suffit d'un peu de courage. Sinon, tu ne deviendras jamais un homme, Petit Charly.

L'enfant hésitait toujours. Dans ses yeux immenses, il n'y avait pas que la peur, mais l'angoisse, celle de ne pas pouvoir réussir l'épreuve, celle de paraître ridicule aux yeux de son compagnon. Lui, tenait toujours entre les doigts le joint qui continuait de fumer. Sous peu, il allait complètement se consumer.

Alors, le jeune homme approcha la drogue de la bouche du garçonnet, l'introduisit violemment et la cala au coin de ses lèvres.

— Maintenant, aspire la fumée !

L'enfant obéit. Il tira une longue, très longue bouffée. À la même seconde, il se sentit submergé par une sensation étrange. Il eut l'impression, la douloureuse impression que sa gorge était remplie d'une colonne de fumée noire et que son sang en avait déjà aspiré la moitié. Une espèce de vertige commença à l'envahir.

— Tiens bon, l'encouragea l'autre. Tiens bon, petit.

Il ne tint pas bon. La fumée lui brûla les yeux, la gorge et le nez. Il arracha brutalement le joint de ses lèvres, cracha toute la fumée, tous les débris de l'herbe avalée. Sa bouche s'ouvrit grandement pour aspirer l'air. Mais l'autre, irrité, le gifla. Sur les deux joues. L'enfant, d'un seul coup, se retrouva à un mètre plus loin, dos au sol, les pommettes violemment endolories.

— Espèce d'imbécile, hurla le jeune homme. Tu m'as gaspillé ce *gandja.* Tu sais ce que ça coûte ?

Il se leva, fit quelques pas dans la brousse et revint avec le reste de la drogue.

— Ça vaut cinq cents francs ce que tu viens de brûler là, s'exclama-t-il. Et cinq cents francs pour un Combattant de la Liberté, c'est de l'or, Petit Charly. Si le commandant Rambo voyait ça, pour sûr que tu passerais un mauvais quart d'heure.

Il s'accroupit près de lui. L'enfant s'était déjà relevé. Assis à même l'herbe, il pleurait maintenant, les cuisses serrées, la tête inclinée sur les genoux. Le jeune homme, posément et dans un élan de compassion, lui prit le menton et le regarda longuement dans les yeux.

— Ne recommence plus jamais ça, petit. Tu comprends ? Ne recommence plus jamais la même bêtise. Sinon…

L'enfant ne dit mot et se contenta de détourner le regard. Sur la branche d'un acacia tout proche, un moineau sautillait, le bec ouvert, amusé par le tourbillon d'un papillon multicolore.

Pendant une poignée de secondes, l'enfant avait oublié son malheur. Il avait oublié son monde de larmes. Il aurait tant voulu se retrouver dans cet arbre et s'amuser à câliner l'oiseau et à lui tirer les pattes. Mais le jeune homme le tira par le pan de sa chemise. Abruptement. Pour le ramener à la réalité.

— Je sais que c'est difficile pour toi. Mais il faut s'habituer très vite aux coups. Nous sommes en guerre. Les gens ne sont plus capables de s'apitoyer sur le malheur de leurs frères, ni même sur celui des enfants. Ils sont tous préoccupés par leur propre survie. Si tu veux continuer à vivre, cesse dès aujourd'hui de geindre.

— Je ne geins pas, fit l'enfant d'une voix abattue. Mais tu m'as fait mal.

— Il fallait te défendre. Tu n'as plus ton père, ni ta mère autour de toi pour te protéger. Tu n'as que toi-même.

— Ça, je le sais. Mais je ne peux pas me battre contre toi. Tu es plus fort que moi.

— Qu'importe ! Il faut montrer que tu as la force de te défendre. Celui qui veut t'attaquer va réfléchir par deux fois avant de t'agresser. Ta survie commence par là...

— Je ne te comprends pas, John.

— Tu comprendras un jour. Allez, viens !

Il lui donna la main et l'arracha du sol.

Le soleil n'était apparu que de façon timide. Depuis la première teinte du jour, il semblait qu'il y avait dans le ciel une lourdeur mélancolique qui l'en empêchait et qui faisait gonfler les nuages cendrés.

L'enfant guettait ce soleil depuis l'aube. Il avait espéré se baigner dans son éclat dès qu'il se fixerait au zénith. Il avait espéré en faire son complice dès qu'il brillerait de mille feux. Mais tout comme la veille, l'astre du jour avait fait un passage éclair et avait laissé le froid, ce froid sec de l'harmattan, givrer de nouveau la nature, faisant frémir l'enfant dans tous les replis de son corps.

Devant eux, la brousse s'étirait, verte et touffue. Malgré le rideau d'herbes, de plantes et d'arbres, les rafales de vent, larges comme des traînées de tourbillon, venaient s'abattre violemment sur le sentier. L'enfant ne tenait plus. Il était visible qu'il souffrait.

— Je peux plus continuer, John, lâcha-t-il, je peux plus.

— Qu'est-ce que tu as ?

— J'ai froid, très froid.

— Moi aussi j'ai froid, Petit Charly.

— Je peux plus tenir, j'te dis. Mes forces m'abandonnent.

— Moi aussi mes forces m'abandonnent. Et pourtant, nous avons encore du chemin à parcourir. Tu sais qu'il nous faut gagner le quartier général des Combattants de la Liberté. Deux jours de voyage qu'il nous reste et déjà tu te plains. Non, mon ami. Tu n'es plus au biberon. Maintenant, passe devant. Le chemin te paraîtra moins long.

L'enfant, debout en face de lui, eut envie de

le mordre. Il se jeta aussitôt sur lui. Un bond, juste un petit bond à la manière d'un félin. Le jeune homme ne s'y attendait pas. Il s'écroula brusquement, la nuque au sol. Et Petit Charly en profita pour monter sur lui et s'installer sur son ventre. Le poing en avant, il ajusta son visage. John anticipa, lui prit le poignet et le lui tordit. Furieusement. Une douleur féroce jaillit de sa main pour se propager dans tout son corps. Le cri de l'enfant se déchira en de petits sons aigus :

— Mal ! Tu me fais mal, s'écria-t-il.

— Tu m'as aussi fait mal, répliqua aussitôt le jeune homme. Un coup donné, un coup reçu. Un but partout.

— Lâche-moi ! Lâche-moi !

— Lève-toi d'abord et je te ficherai ensuite la paix.

L'enfant, devenu impuissant, grogna longuement avant de céder. Il s'appuya sur la poitrine du jeune rebelle pour se remettre sur pied.

— Je te déteste, John, fulmina-t-il. Je te déteste, oh oui !

— Je sais, lui répondit l'autre. Je sais, mais ça ne change rien à ta situation, ni à la mienne d'ailleurs. Maintenant, assez rigolé. Il est temps de hâter le pas.

— Je peux plus, j'te dis, j'ai froid.

— Tu as sans doute besoin d'une bonne claque pour te réchauffer. Passe devant ou je t'assomme.

L'enfant n'avait pas le choix. La paume de l'autre était ouverte, prête à s'abattre sur lui. Il se précipita devant, les épaules basses, la tête courbée, grommelant furieusement entre les dents. Depuis leur rencontre, il y a quelques jours, Petit Charly était réduit à grommeler. Il ne lui restait que ce caprice, le seul de son enfance déchirée.

Chapitre 2

Petit Charly avait à peine réuni ses neuf soleils. Pas plus haut que trois pouces, il portait au physique les signes de l'enfant mal nourri, les traits d'un parcours sinueux. Un corps fluet, un ventre protubérant, une tête volumineuse. Ses cheveux, plutôt roux, cassants, se hérissaient souvent sur sa tête quand la colère, la sourde colère le dominait et lui assénait des crampes à l'estomac.

Car il avait des raisons d'être souvent en colère, Petit Charly. Il avait surtout des raisons d'être triste. La souffrance, il l'a connue de bonne heure, sitôt sorti des langes du berceau.

Son père était un sergent de l'armée, un gaillard deux fois plus grand que lui, qui aimait rire, beaucoup rire, lorsqu'il le prenait sur ses genoux, les soirs des jours sans labeur. Une nuit de pleine lune, il était dehors, assis sur une natte, à manger avec lui, quand un groupe d'hommes armés avait pénétré dans leur maison.

— Suis-nous, avait dit l'un d'eux. Le chef veut te voir.

— Maintenant ? avait demandé son père. Vous voyez bien que je dîne avec mon fils.

— Dépêche-toi, lui avait-on répliqué. Nous n'avons pas de temps à perdre.

Le père s'était lavé les mains : il s'était levé et avait fait deux pas vers eux. Puis, pendant quelques minutes, ils avaient discuté à voix basse. C'étaient des collègues, des militaires comme lui mais qui, ce soir-là, ne portaient pas l'uniforme. La discussion était vive. Bientôt, des éclats de voix. Et un grand cri du père qui déchira le silence de la nuit. Il se retrouva au sol, vaincu par un coup de poing dans le ventre.

— On te dit d'obéir au lieu de contester les ordres, hurla une voix.

Petit Charly, plus surpris que vraiment effrayé, se mit à trembler. Sa mère sortit précipitamment de la cuisine, un tamis entre les mains.

— Reste en dehors de ça, femme ! avait brutalement averti un des agresseurs.

— Il a raison, fit le père, en se levant. Il ne faut surtout pas t'en faire, Maria. C'est une histoire toute bête. Il paraît que je suis un mouchard. J'aurais servi de pion pour les rebelles bandungun, ennemis des Combattants de la Liberté. Alors, on veut m'interroger.

La femme s'était approchée de lui. Les lèvres traversées de frissons, elle lui avait alors demandé :

— J'espère qu'ils n'ont pas raison, et que tu es innocent, n'est-ce pas ?

— Bien sûr que oui, Maria.

Elle avait baissé la tête comme si elle pressentait un malheur.

— Ce serait dur si tu ne nous revenais pas, Komi.

— Je sais, Maria, je sais. C'est pourquoi, je reviendrai. Maintenant, va me chercher ma brosse à dents et mon pagne de nuit. C'est sûr que j'y resterai jusqu'à demain.

— Pas question d'attendre encore longtemps, s'impatienta l'un des hommes.

— Le chef est sur les dents, Komi. Il faut faire vite.

Petit Charly n'avait pas très bien compris ce qui se disait. Mais il avait déjà su, à travers le comportement des uns et des autres, que son père était menacé et que ces hommes voulaient l'emmener avec eux. Il avait couru et s'était accroché à son pantalon.

— Je ne veux pas que tu partes avec eux ! avait-il crié.

— Mais si, mais si, je reviendrai, avait répondu le père.

Il lui avait caressé la tête et le visage, puis avait regardé longuement la mère. En se tournant vers les quatre hommes pour leur signifier qu'il était prêt, le père avait senti de l'humidité sous ses doigts. Petit Charly avait pleuré dans sa paume.

Alors, la mère et l'enfant attendirent. Ils attendirent le deuxième jour, le troisième jour, une semaine durant, un mois entier. Le père ne revint pas. Il ne donna même pas signe de vie. Le cœur tressautant, la mère alla aux nouvelles. Elle frappa à toutes les portes de la ville. Elle alla même secouer la caserne locale des militaires, là où travaillait le père. Là-bas, on lui répondit qu'il n'y avait jamais eu trace de son mari dans le camp et que, si elle s'entêtait à suspecter les militaires, elle risquait sa tête et la vie de son enfant. Mais la jeune femme ne céda pas. Elle reprit son entrain et fouilla partout. Mais rien. Rien que le silence autour d'elle.

Un matin, quelqu'un tambourina au portail, criant à tue-tête, demandant qu'on lui ouvre. La mère sortit, gagna le portail. C'était la voisine de leur maison. Elle lui montra un corps d'homme, le corps du père, étendu à même le sol et saignant de partout. Sa mort ne devait pas à remonter loin. Il était visible qu'on l'avait longtemps torturé. Mort, son cadavre avait été jeté là, très tôt, avant la première rosée de l'aube.

C'était la première fois, la toute première fois que Charly voyait un cadavre. Et de surcroît celui de son père. L'enfant se rappela ce jour-là où le soleil s'était voilé la face de honte et de douleur. Contrairement à sa mère qui avait roulé par terre et avait hurlé au monde sa souffrance, lui n'avait pas crié. Il n'avait même pas pleuré. Il était resté là, près du cadavre, pendant toute la journée à veiller sur lui, comme si le père avait été alité et qu'il allait, d'un moment à l'autre, se réveiller.

Mais la veuve et l'orphelin n'eurent pas le temps de se remettre de leurs émotions. À peine le père fut-il enterré qu'éclata sur la ville, dans tout le pays, la rumeur de la guerre civile. « Les rebelles sont là, à quelques kilomètres, criaient les militaires. Ils pillent, violent et tuent. Si vous voulez rester en vie, fuyez, allez le plus loin possible. »

En trois jours, la petite ville de province fut vidée aux trois quarts. Exode… Aventure… Sur plusieurs kilomètres, des familles entières, à pied, à moto ou en voiture, partirent loin vers le sud. Petit Charly et sa mère n'avaient pas grand-chose à emporter. Dans l'urgence et la précipitation, ils n'avaient réussi à emballer que quelques affaires. Un sac et une valise. L'enfant, lui, avait son ballon et surtout Bambou, le petit caniche au pelage roux.

Ils avaient marché deux jours et deux nuits. La fatigue pesait dans les jambes, la faim dans les estomacs. Au troisième matin, ils rencontrèrent une équipe de la Croix-Rouge. On les convoya dans un camp de réfugiés où s'agitaient déjà des milliers de personnes.

Enfin le répit. Le sommeil paisible. Boire et manger comme tout être humain en situation normale. Petit Charly avait-il conscience du drame qu'il vivait ? En peu de jours, il avait tellement vu et entendu ; il avait tellement pleuré qu'il se trouvait incapable d'imaginer son propre drame. Comme tous les réfugiés du camp, il n'était talonné que par un souci, un seul : se reposer, goûter à nouveau aux heureuses vertus de la paix.

Chapitre 3

Qu'est-ce qu'un camp de réfugiés ? Un immense terrain vague, un vaste champ sans contours, installé dans l'urgence et la précarité.

Qu'est-ce qu'un camp de réfugiés ? Une espèce de bourg, un gros village sans âme, avec des tentes hâtivement dressées, des grappes de cases élevées dans la précipitation.

Ici, des femmes et des hommes, interminablement, se côtoyaient et se piétinaient. Venus de tous les horizons, ils s'étaient amassés là, comme les affluents d'un fleuve qui viennent nourrir le flot. Combien étaient-ils ? Le flux était permanent. Tous les jours, il en venait une multitude, bagages accrochés aux flancs, baluchons posés sur la tête, le visage décomposé par la fatigue et l'angoisse. Aussitôt arrivés, ils étaient regroupés, étiquetés, avec des numéros anonymes allant de un à six chiffres.

Au-dessus de leurs têtes, le soleil semblait aussi

avoir opté pour un destin différent. On eût dit qu'il n'existait ici que pour assoiffer les hommes, leur assécher la gorge, le ventre, le corps. Tous les jours, il se pointait à l'Est avec le même soupçon d'agressivité, arpentait le ciel avec la même charge enflammée, s'affaissait derrière la forêt avec les mêmes soupirs mélancoliques. Le soleil, disait-on, n'était pas l'astre ordinaire. C'était le diable qui pointait ses griffes pour en rajouter au désarroi des hommes.

Pour cela, Maman Charly n'avait pas cessé d'égrener son chapelet. Elle n'avait pas arrêté de demander à Dieu d'épargner à son enfant le cortège des maladies que charriait la violence du soleil. Depuis leur arrivée, le paludisme et la fièvre jaune avaient asséché nombre de gosses déjà fragilisés par la fatigue et la malnutrition. Parfois, dans la nuit ou tôt avant les premiers éclats du jour, on voyait des agents de la Croix-Rouge masqués et gantés quitter le camp avec de petits corps emmitouflés dans des pagnes. Les mères, souvent, se déchiraient la voix derrière les brouettes funèbres, les pères, eux, se contentaient de se signer ou de lever les bras au ciel.

*

Petit Charly assistait rarement à ces scènes-là. Il ne devançait jamais le soleil au réveil. Il n'égrenait jamais ses heures à suivre la trajectoire de la lune. Comme tous les enfants du camp, il passait le plus clair de son temps à jouer avec Bambou. Parfois, pour bénéficier des vivres distribués par les organismes humanitaires, il allait remplacer sa mère dans la file des réfugiés qui traînaient devant les stands des ONG. Certes, il avait changé de vie, perdu son père, abandonné sa maison, quitté ses amis, mais, en lui, il y avait une je ne sais quelle étincelle d'espoir, ce feu qui maintient en veilleuse le courage de gravir toutes les montagnes du monde.

— Faut pas t'en faire, Lyli, le rassurait la mère.

— Oui, maman…

— Nous retournerons bientôt à la maison. Et tu retrouveras ton lit, tes bols, ton tabouret, tes…

— Oui, maman.

— Tu sais, ma seule force, mon seul soutien, c'est toi.

— Je sais, maman, je sais…

Mais, dans tous les camps du monde, il arrive

que les vivres viennent à manquer. Alors, se réveillent chez certains des tentatives de vol et de petites habitudes bien canailles.

C'est ainsi que Petit Charly et sa mère furent délestés de la seule conserve et de la poignée de farine qui leur restaient. C'était dans la journée, au moment où le soleil chancelait sur le deuxième versant du ciel. Le jeune garçon avait aperçu une main passer lentement par-derrière leur tente et en sortir. C'était un adolescent presque en guenilles, visiblement affamé, qui s'éloignait à toute allure. Petit Charly n'avait pas la force de le rattraper. Son réflexe, c'était de crier, d'alerter tout le camp :

— Au voleur ! Au voleur !

Le jeune voyou regarda derrière pour voir si des poursuivants s'étaient mis à ses trousses. Ce faisant, il négligea de faire attention. Devant lui, apparut, au même moment, un grand diable sorti on ne sait d'où et qui lui barra la route. C'était Djamba Ray !

Ah, Djamba Ray ! La trentaine, grand et sec, vigoureux et nerveux. Une immense girafe, toujours affublée d'un blouson de cuir râpé, d'un jean moulant qui dessinait ses jambes arquées comme les pattes de fourmi.

Un rasta qu'on le disait ; un rasta aux locks poudreux, à la barbe sauvage. Il racontait à tous ses exploits de musicien aventurier ayant usé ses arrières sur les pavés de Kingston en Jamaïque et dans les souterrains de Harlem à New York : « Je suis le fils spirituel de Bob Marley », se vantait-il. « Le "King" est ma raison, ma folie de vivre. »

Il avait surgi comme un fantôme devant le jeune délinquant. Celui-ci, le souffle coupé, la culotte mouillée, n'eut d'autres réflexes que de le regarder.

— Va rendre ce que tu as volé ! lui intima-t-il aussitôt.

— Oui, oui, oui ! admit le jeune homme.

— Dépêche-toi !

Cette scène, Petit Charly en a gardé l'image dans la tête. C'est de là que datait son amitié avec le musicien.

Ce qui attirait l'enfant chez cet homme, c'était sa singularité, le fait qu'il ne ressemblait à personne. Il riait quand il n'y avait rien de risible ; il s'irritait quand il n'y avait pas à se mettre en colère. Toujours seul dans sa hutte ou retiré dans la brousse, il avait souvent quelque chanson à composer, quelque musique à créer avec sa vieille guitare.

— Rappelle-moi ton nom, petit ! répétait-il souvent à son jeune ami.

— Charly, Charly ! faisait l'enfant avec le même ton neutre.

— Charly ?

— Oui, Charly.

— Sais-tu pourquoi t'es ici ?

— Ben… À cause de la guerre.

— Non. Pas la guerre. Non. Si ce n'était que la guerre, on aurait trouvé depuis longtemps une merde de solution.

— Ah oui ?

— C'est moi qui te le certifie, mon grand. Nous sommes ici à cause des manœuvres diaboliques de Babylone.

— Baby… comment ?

— Babylone. Ils se sont infiltrés partout, pour imposer leur autorité au monde et travailler à nous exterminer. Cette guerre qu'ils nous font est la dernière chose qu'ils expérimentent à travers nos propres frères. Heureusement que Jah qui pointe là-bas au sommet veille sur nous. Sans lui, on nous aurait transformés en purée pour aller engraisser leur foutue industrie.

— Je… je ne comprends pas, faisait toujours le garçon souvent perdu dans ce discours.

— T'as raison, Charly. C'est trop compliqué pour toi. Mais au fait, t'as pas encore savouré ma dernière composition ? Faut que tu sois le premier à l'écouter, hein ? Tu veux bien ?

Et, avec le même empressement, il prenait sa guitare et, de sa voix sèche, se lançait dans l'interprétation du même air. Une chanson où l'on entendait, répétés à l'infini, les mots comme « Jah, Zion, Moïse » avec parfois des incantations ressemblant à « korokorotilakpèkètêrêrêtê… ».

Petit Charly, en le regardant, était toujours partagé entre rire et hurler. Tant le bonhomme chantait faux et jouait gauche. Mais, jamais, l'enfant n'osait le lui dire. Le rastaman avait des comportements imprévisibles, qu'il se rappelait. On disait d'ailleurs qu'à trop fumer le *gandja,* il aurait perdu quelques fils dans le crâne.

Chapitre 4

Les réfugiés avaient eu le temps de les compter : cinquante-deux ! Ils étaient une bonne cinquantaine, presque tous aussi mal fichus, les mêmes visages fermés, les mêmes yeux rouges, comme crachant des flammes. Certains portaient des treillis tachetés, d'autres des tenues bariolées. À leur ceinture, des boîtes de cartouches. C'était l'une des nombreuses factions qui se livraient combat dans le pays.

Le soleil était déjà fort mûr dans le ciel quand ils avaient fait irruption dans le temps. Selon une tactique déjà éprouvée, ils s'étaient dispersés en trois groupes. Le premier avait pris en otage les agents de la Croix-Rouge, le deuxième s'était emparé des vivres qui se trouvaient sur place, le troisième s'était mis à faire le tri parmi les réfugiés. Ils avaient trié douze femmes et hommes identifiés comme des Batéké, l'ethnie rivale des Bandungun. Le sort, à nouveau, venait de jouer contre Petit Charly. Maria, sa mère, était du nombre.

Sur le moment, l'enfant ne le sut pas. Il était

occupé à écouter, loin de là, la énième composition de son ami musicien. C'est alors que sa mère hurla. Elle hurla et se cabra pour éviter qu'on l'embarquât de force dans l'un des camions des agresseurs. Mais sa voix fiévreuse avait déjà traversé le camp et s'était répandue.

Petit Charly l'entendit. Il se leva aussitôt, fit deux bonds et se mit à courir, précédé de Bambou. Dans sa tête, lui revinrent les images de son père que les militaires, ce jour-là, étaient venus chercher. Lui revinrent ces violents tourments qui l'avaient habité quand ces gens-là avaient débarqué chez eux. La même peur affolante qui l'avait déchiré lui comprima de nouveau les intestins.

Bientôt, il déboucha au secteur A, emprunta la grande allée qui divisait le camp en deux. Et, tout au bout, à cent pas bien comptés, le convoi des ravisseurs. Ils venaient de démarrer et s'éloignaient. Petit Charly eut juste le temps de voir sa mère. Elle était emprisonnée dans la remorque du dernier camion et lui faisait de grands gestes. Elle l'appelait toujours. Sa voix, émiettée par des sanglots, semblait s'abîmer dans le souffle du vent.

— Maman ! Maman ! hurla-t-il à son tour.

Il courut, il courut encore plus fort. Il aurait bien voulu s'envoler, planer dans le ciel pour rattraper le camion. Il aurait voulu devenir Superman pour neutraliser les ravisseurs et délivrer sa mère. Au bout d'une minute, il s'arrêta, épuisé, le regard perdu dans l'horizon où venait de disparaître le camion.

— Maman ! Ma… man ! répétait-il en pleurant.

Il était couché, ventre à terre, le poing frappant le sol. Perdu. Il se sentait perdu et abandonné.

Quand il n'eut plus de larmes à verser, quand sa colère fut tombée, il sentit une langue humide lui lécher la tempe. Il se redressa. Bambou, le petit caniche pointait un museau attristé. La chienne était venue le consoler. Elle qui avait également couru et tenté de rattraper le camion.

— Toi aussi, tu n'as pas pu, hein, Bambou ?

L'animal vint se blottir contre lui en émettant des jappements mélancoliques.

— T'es… t'es sûre qu'on ne la reverra plus ?

— Bien sûr qu'on la reverra, mon grand !

Djamba Ray était apparu derrière lui. Il les avait aussi suivis mais à cause de ses rhumatismes, il n'a pas pu rattraper le convoi.

— Tu la reverras, Charly.

Alors, il s'accroupit près de l'enfant et se mit à dépoussiérer ses habits. Lui qui était habitué à discourir sur tout et sur rien, lui qui savait tout sur les « combines de Babylone », il ne trouva pas le mot juste pour calmer le petit infortuné. Mais, après quelques instants, il prit un air inspiré et professa :

— Ce que t'as perdu aujourd'hui, tu le retrouveras demain, mon grand. Jah qui sonde le cœur de l'homme sait pourquoi il nous précipite dans les embrouilles. T'es le fils d'un peuple qui ne courbe pas l'échine au premier feu. Non, non et non, mon grand. Tu retrouveras ta maman, j'te dis. Un bon rasta est toujours visionnaire. Pas vrai ? Rappelle-toi ce que tu m'as dit un jour. « Un homme est une volonté qui marche… »

— C'est… c'est pas moi qui l'ai dit, c'est mon père…

— Un grand cadeau qu'il t'a fait là, ton père.

— Com… comment ?

— Un homme, petit, c'est pas seulement le zouave qui sait parler et rire.

— Ah oui ?

— Un homme, c'est pas seulement le coco qui sait réfléchir et déféquer.

— Ah bon ?

— Un homme avant tout, c'est celui qui sait ce qu'il veut. Et s'il le sait, il trouvera les moyens pour le réaliser. Si t'es persuadé que tu reverras ta mère, alors tu la reverras. La philosophie de ton père est là, mon grand.

— Je ne comprenais pas la chose de cette manière-là, admit l'enfant en roulant des yeux incrédules.

— On peut tout négliger dans cette phrase, mais pas cette explication-là. C'est la base même du code de vie du rasta. Maintenant, assez parlé. Lève-toi.

Il lui essuya les larmes et, délicatement, l'empoigna par le bras. Les autres réfugiés qui avaient fait un cercle autour d'eux, reculèrent aussitôt pour les laisser passer. Djamba Ray emmena son protégé loin de là, dans l'arrière-camp, au milieu des buissons, pour l'aider à écraser sa tristesse. Il ne se souvint d'aucune berceuse. Seule lui revint la chanson du King, *No Woman No Cry* qu'il se mit à fredonner. *No Woman* du King, qu'il chanta de sa voix enrouée, comme soufflée dans une bouteille.

L'enfant, sur le coup, se sentit transformé. C'était la première fois qu'il se montrait sensible aux élans musicaux du rastaman. Il se demandait si c'était parce que ce jour-là, le bonhomme était meilleur ou si c'était parce que lui, promenait un chagrin si lourd et si déchirant.

Mais l'effet d'une musique n'est pas forcément inscrit dans le temps. Petit Charly retomba bientôt dans sa mélancolie. Et quoi que fît son ami pour le dérider, il demeura inconsolable.

La guerre, pendant ce temps, s'était généralisée dans tout le pays. Les rumeurs les plus invraisemblables se répandaient sur le camp et avec elles, la frayeur et la panique. Petit Charly grandit dans cette ambiance pendant trois ans, le sourire rentré, les yeux absents du visage. Son caniche Bambou, qui connaissait sa peine, ne le quitta plus. La chienne tenait, toute petite qu'elle était, à jouer les gardes du corps dans son ombre. Mais elle se portait de plus en plus mal. Mal nourrie, couverte de plaies, elle fut retrouvée morte un matin. Petit Charly se souvint de ce jour où la pluie martelait la terre de ses gouttes serrées.

« Pourquoi pars-tu à ce moment, Bambou ? » trembla-t-il devant la fosse où il enterra son amie. « Adieu Bambou, merci de m'avoir tant aidé. »

Chapitre 5

Le chemin s'étirait. Interminablement et éprouvant. Pour un enfant écrasé par la fatigue et la faim, cela tournait carrément à la punition.

Plusieurs fois, Petit Charly avait demandé à John une halte de quelques minutes pour pouvoir ménager ses cors et se protéger du froid. Mais plusieurs fois aussi, le jeune homme avait refusé. Ils avaient déjà accusé du retard sur leur trajet et lui, aurait préféré le déclin du jour ou carrément la nuit pour marquer un temps de repos.

— Il faut savoir être endurant, mon petit. Ton corps doit être capable de répondre à tout, à tout moment.

— Comme c'est facile à dire, ironisa l'enfant. Je voudrais bien t'y voir, toi, à mon âge.

Soudain, une ombre sinueuse émergea de derrière un bosquet. Tout près, au bord du sentier, un serpent, enroulé comme une liane, plongea la tête vers John. Le bruit qu'il provoqua sur les herbes fit brusquement se retourner Petit Charly. Un cri.

— Attention John, derrière toi !

Une pirouette. Le jeune homme n'eut que le temps de faire un mouvement pour éviter la charge du reptile. À l'aide de la crosse de son arme, il lui écrasa la tête. L'animal, assommé, s'étala aussitôt dans l'herbe, déroulant son énorme corps vert tacheté de noir.

— C'est… c'est un vrai ? demanda Petit Charly en écarquillant les yeux de stupeur.

— Comme tu vois. Et c'est l'un des plus dangereux. Un boa.

— On l'a échappé belle, hein !

— Une chance inouïe. Et grâce à toi.

L'enfant considéra longuement le reptile, le palpa dans toute sa longueur, dans tous les replis de son corps, comme pour s'assurer de son existence réelle. C'était la toute première fois qu'il tâtait ainsi un serpent d'une telle grosseur. Et c'était la toute première fois aussi qu'il voyait un boa en embuscade s'attaquer à un homme. Rien à voir avec ces jouets en plastique que les enfants utilisaient pour s'amuser et pour lui faire peur, là-bas au camp des réfugiés. C'est sûr qu'il aurait préféré ces jouets aux serpents de chair, aux serpents réels. Mais lui,

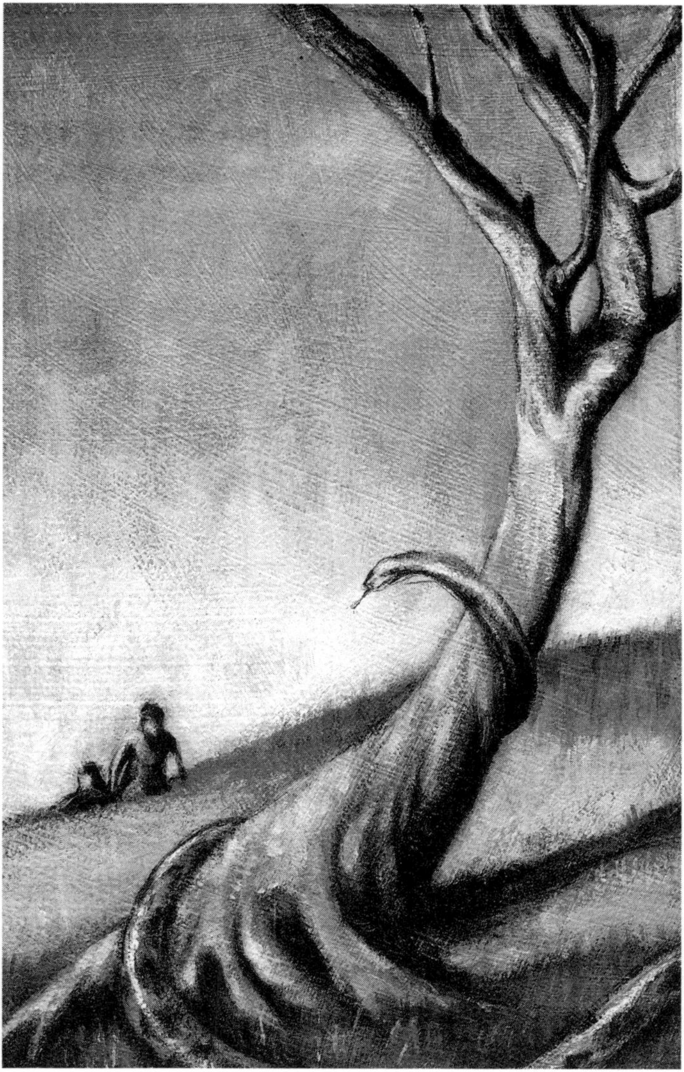

avait-il seulement pris la peine de s'intéresser à ces jeux ?

Petit Charly se rappela qu'à l'époque, il était trop rentré, trop préoccupé pour partager les amusements des enfants. Lui cherchait d'abord à comprendre. Il cherchait à comprendre pourquoi son père avait été tué, pourquoi sa mère avait été enlevée, pourquoi les Bandungun et les Batéké s'entretuaient, pourquoi le pays était entré dans le cycle violent de la guerre civile, pourquoi, pourquoi donc… ?

Comme lui, les enfants du camp n'avaient aucune réponse à lui donner. Eux non plus ne comprenaient pas. Non. Il était difficile de comprendre ce monde singulier des adultes. Mais ce qui, par-dessus tout, le préoccupait, c'était de retrouver sa mère, de se perdre à nouveau dans l'odeur de ses pagnes.

L'enfant savait au fond de lui-même qu'elle était toujours en vie, qu'elle pensait fort à lui et même qu'elle n'avait pas perdu l'espoir de le retrouver un jour. Un jour ? Mais quand donc ?

Était-elle demeurée prisonnière des rebelles ? Dans ce cas il lui serait difficile d'échapper à leur vigilance. Il lui faudrait beaucoup de temps et de méthode pour s'évader. Bloquée dans une ville assiégée ? Elle devrait attendre ou trouver des voies de détour pour sortir de la ville. Malade, amputée ou gravement blessée ? Elle serait bien forcée de garder le lit, le temps d'être guérie ou soignée.

Ainsi l'espoir demeurait. Il était là, dans le petit cœur de l'enfant, suspendu à cette certitude des retrouvailles prochaines. Mais le temps était l'inconnu, presque l'ennemi. Il lui imposait des incertitudes, multipliant dans son esprit mille et une angoisses.

*

À neuf ans, on se sent la force de s'attaquer au soleil, on se sent capable de voler sur son nuage. Petit Charly forma en secret le projet de se risquer à l'aventure. Et une nuit, sans même avertir son ami Djamba, il s'enfuit du camp. Il s'enfuit, son baluchon sous le bras, suivit la grand-route qui traverse tout le pays et mène à Port-Hary, sur plusieurs kilomètres. Au bout du petit jour, il échoua dans une bourgade abandonnée.

Ici, de toutes les maisons incendiées, il ne

restait qu'une chapelle au toit troué et à la porte déglinguée. Mais son intérieur était accueillant. Petit Charly se laissa couler dans un sommeil profond et ne se réveilla que très tard, après que le soleil eut fini d'arpenter la courbe du ciel.

Au loin, quatre coups de feu éclatèrent. Aussitôt suivis de cris ou d'appels. Puis le silence pendant quelques minutes. Un silence brusquement agressé par un bruit de moteur. Une voiture, presque poussive, surgit bruyamment d'une ruelle et s'arrêta devant la chapelle. Des hommes en armes en descendirent. Encore des rebelles, mâchoire carrée, visage en lame de couteau.

Petit Charly n'avait pas bougé de sa position. Il était debout à l'entrée de la chapelle, droit comme un scout. Curieusement, aucun émoi intérieur ne le fit trembler, ni ne le fit se raidir.

Les rebelles s'approchèrent de lui. L'un d'eux l'apostropha :

— Qu'est-ce que tu fais là, toi ?

— Moi ? Rien !... répondit l'enfant.

— Comment rien ? D'où sors-tu ? Où étais-tu ? Ou alors, tu es l'enfant de chœur de ce lourdaud de curé ? Réponds !

— Euh… non, oui, bafouilla-t-il.

— Où c'est qu'il se cache, celui-là ?

— Je… je ne sais pas.

— Allez, ordonna l'homme à ses compagnons. Passez-moi au peigne fin cette maudite baraque. Nous allons lui faire avaler sa soutane à ce menteur de curé. Il nous avait dit, il y a trois jours, qu'il n'y avait pas de Batéké dans le village.

Six rebelles pénétrèrent dans la chapelle, l'arme au poing, criant et donnant du pied dans les meubles qui occupaient l'intérieur, fouillant partout et saccageant tout.

Restaient l'homme et un autre plus jeune. Celui qui donnait les ordres, une force de la nature, se faisait appeler commandant Rambo. Droit, rigide, les yeux glauques, il dissimulait la moitié de son visage sous une barbe broussailleuse et s'employait à répandre autour de lui cette impression à la fois inquiétante et rassurante. Mais la fumée brune de son gros cigare négligemment écrasé sous ses incisives achevait de lui retirer toute caution rassurante. À tout résumer, il avait la trempe d'un personnage de film B.

— Toi tu es aussi squelettique qu'un chiot

famélique, dit-il à l'enfant. Mais tu m'as l'air courageux. Avec une belle frimousse. Aujourd'hui, c'est mon anniversaire. Je ne veux pas tuer de gosses. Qu'est-ce que tu voudrais que je fasse de toi ?

— …

— Tu ne sais pas ? Bon, je t'engage dans nos rangs. Tu vas devenir un Combattant de la Liberté. Comment t'appelles-tu ?

— Charles… Charles Doukomo.

— Un Bandungun ? Ou bien tu dis ça pour me faire plaisir ? Tu as plutôt une tête de Batéké.

— Je ne sais pas… je ne sais plus.

Et il éclata de rire. Un rire d'ivrogne abattu par dix litres de vin. Il s'en tint les côtes en tapant le sol avec ses chaussures à double semelle. À la fin, il se tut brusquement, montra le jeune homme qui se tenait à ses côtés.

— John est l'un de mes caporaux, grasseya-t-il. Il va prendre en main ta formation. Tu n'es pas content ?

— Je… si, Monsieur.

— On dit : « Compris, commandant. »

— Compris commandant !

Dans la chapelle et l'arrière-cour, il n'y avait

personne. Les six rebelles revinrent sur leurs pas et tous rembarquèrent dans le même véhicule, à l'exception du jeune homme. Avant de démarrer, le commandant Rambo lui ordonna :

— Tu emmènes le gosse au quartier général. Nous, nous allons faire un détour du côté de la zone C. Tu as suffisamment de balles ?

— Ça peut aller, commandant, assura le jeune homme.

Le véhicule vrombit et bientôt se perdit à l'angle de la rue. Un silence lourd écrasa les lieux. Petit Charly se tourna vers son nouveau compagnon et en profita pour le dévisager.

Le jeune homme devait avoir six ou sept ans de plus que lui. L'uniforme qu'il portait, ample de deux mesures, lui donnait l'air d'un adolescent desséché par la malnutrition. Les épaules hautes et pointues, le kalachnikov en bandoulière, il paraissait moins rugueux que les autres, le sourire facile, le geste affectueux. Il lui posa beaucoup de questions, parfois indiscrètes. Petit Charly ne crut pas utile de lui cacher son drame.

Le camp, c'est-à-dire le quartier général, se trouvait à une centaine de kilomètres, à un pas de

Port-Hary. Deux heures en voiture auraient suffi pour l'atteindre. Mais il n'y avait pas de véhicules et la route, crevassée, était dangereusement minée. Il fallait alors emprunter un détour à travers la forêt, marcher, marcher longtemps. Chemin difficile à retrouver dans le lacet des sentiers qui sillonnaient toute la brousse. Au bout de leurs errements, Petit Charly et John prirent enfin un chemin. Au hasard. Et ce fut alors le début du voyage interminable. Voyage où, à chaque arrêt, John en profitait pour apprendre à son nouveau compagnon comment tenir et utiliser un fusil-mitrailleur, comment fumer de la drogue. Mais à chaque fois, l'enfant se montrait mauvais élève. Il ne savait pas pourquoi il devait fumer, ni pourquoi il devait se servir d'une arme. Non. Cette guerre n'était pas la sienne.

Chapitre 6

Le jour, progressivement, s'assombrissait. Le ciel, lourd de pluie, ne se voyait qu'à peine, car les branches des arbres qui tendaient leurs bras dans toutes les directions, avaient tissé une espèce de nappe feuillue qui n'autorisait à la vue que quelques carrés de ce ciel grisâtre.

Devant John, ses haillons toujours serrés sur le corps, Petit Charly marchait. Il marchait, genoux pliants, les cors en souffrance. Il avait l'impression d'aller au bout du monde. Il avait l'impression d'aller au bout de lui-même.

À gauche, un bruit suspect les arracha de leur moiteur. Ils s'arrêtèrent. À travers l'éclaircie des arbres et des hautes herbes, ils virent un groupe de singes. C'étaient des chimpanzés qui piaillaient autour d'un écureuil. Le rongeur, apparemment pris au piège, tentait de briser le cercle mais, à chaque fois, les primates lui barraient le passage. Une scène d'hystérie animale dans un concert de cris aigus et de hurlements déchirants. Petit Charly, plus fatigué qu'amusé par le spectacle, résolut de s'arrêter et d'y passer la nuit.

— C'est décidé, John. Je ne ferai plus un pas sans m'être d'abord reposé.

— Mais, le soleil ! Tu as vu le soleil ? Il n'est pas encore parti, Petit Charly.

— Qu'importe ! Moi, je voudrais passer la nuit ici.

John haussa les épaules et dut céder. Ils s'installèrent non loin de là, à une centaine de mètres du sentier et attendirent la nuit. Il n'y avait rien à manger. Hier soir, Petit Charly avait servi le reste des conserves qu'il avait emportées sur lui. John ne s'embarrassa guère de la nouvelle situation. Il alla chercher dans la forêt quelques courges et des racines de plantes.

— Il n'y a que ça pour tromper l'estomac, dit-il. Ce n'est pas une punition.

— Je sais.

— Tu as intérêt à manger. Demain, la trotte sera encore plus longue et il te faudra de la force et encore plus d'endurance.

— Mais pourquoi ne pouvait-il pas nous emmener à bord de sa voiture, commandant Rambo ?

John haussa les épaules :

— Il n'y avait plus de place. Et puis « marcher, ça forme la jeunesse », nous dit-il souvent.

— Ce n'est pas juste, dit Petit Charly.

— Si tu crois que ça me fait plaisir de voyager à pied…

Le jeune homme avait allumé un petit feu avec du bois mort et des brindilles. Bientôt, les flammes s'épaissirent et s'élancèrent dans le ciel. Petit Charly sentit dans son corps les premiers souffles de la braise naissante. Cela l'enhardit.

— Pourquoi t'es devenu Combattant de la Liberté, John ?

Le jeune homme laissa filer sur ses lèvres un sourire énigmatique.

— Tu m'as bien entendu, John ? Pourquoi t'as décidé de devenir Combattant de la Liberté ?

— Souvent, je me le suis demandé, répondit-il. Et souvent, je n'ai pas eu de réponse. Peut-être parce que je ne veux pas être tué.

— Tu as donc dû tuer, toi aussi ?

— Depuis le début de la guerre, on vit comme

dans la jungle. Si tu ne te défends pas, ton frère, par contre, ne te ratera pas.

— Combien de gens as-tu déjà tués, toi ?

— Je… je ne sais pas. Je ne voudrais jamais le savoir.

Il se tut, se saisit d'une brindille et en activa le feu. Les flammes s'élevèrent, grésillèrent, mordant furieusement l'air.

— Parfois, j'ai envie de tout laisser et de partir loin, très loin de ce pays, continua-t-il. Quand j'étais gosse, je rêvais de devenir médecin pour sauver les enfants qui meurent de maladie. Je l'ai souvent dit à mon père, lui qui n'a jamais pu se remettre de la mort de ma jeune sœur fauchée par le tétanos. Aujourd'hui, mes parents ont été tués et je ne pourrai jamais devenir médecin. Cette guerre m'a tout pris. Même mon avenir.

Ce coup de griffe à l'âme mit le jeune homme en émoi. Il eut envie de tout dire, de se raconter par le menu. Sa boîte à souvenirs était grosse, bien grosse malgré son jeune âge. Il l'ouvrit quand même. Des souvenirs en sortirent. Des images aussi. Avec un fil long qui se déroula et remonta loin dans le passé.

*

Lui est né là-bas, dans les montagnes du nord du pays. Malgré l'escarpement du terrain, des habitations ont vu le jour, des maisons de fortune faites de planches, de vieilles tôles arrachées aux baraquements du camp des mineurs qui se trouvait à trente minutes de marche. Car, en plongeant vers le lac qui ceinture les mamelles de montagnes, une large déchirure s'est ouverte où avait été érigée la première mine de diamants dans le pays.

Les habitants, fiers du joyau, s'étaient mis à espérer. Son père, lui, lui répétait, tous les jours que Dieu crée, que la région serait arrachée des griffes de la misère. Des écoles, des hôpitaux, des aménagements hydrauliques, des routes allaient transformer le paysage et les gens allaient pouvoir regarder le soleil en riant. Alors, tous avaient abandonné la terre pour se faire embaucher à la mine. Non, le père n'avait pas voulu de ce métier-là. Il était paysan. Son destin, disait-il, était de le rester jusqu'à son dernier souffle. Mais un rêve lui tenait à cœur : que son fils, un jour, devienne un des hauts cadres de la mine, qu'il puisse même la diriger. C'est pour cela qu'il avait veillé à ce qu'il ne manque de rien dans la petite école du village.

Et le temps s'est étiré. Et le temps s'est arrêté. Les infrastructures promises ont été rangées au grenier des oublis. À la place, du vide, du bruit et l'air chargé de fumée et de plomb. Seule, la ligne brune d'asphalte qui descend jusqu'à la côte, à Port-Hary. Elle était utile à tous, cette route. Elle permettait surtout aux camions, aux fourgonnettes blindées, aux grosses voitures d'allonger cinq cents kilomètres aller-retour, presque tous les jours avec, parfois, des sirènes hurlantes. Car l'État avait fini par nationaliser la mine.

Une dizaine d'années ainsi. Une dizaine d'années de frustrations. Puis était arrivé ce jour où les mineurs, soutenus par la population, avaient manifesté leur colère. Menace de grève. Arrêt de travail. De la capitale était partie une escouade de gendarmes pour venir mater les grévistes. Des blessés et des morts avaient été comptés à l'issue des affrontements.

John marqua une pause et expira profondément. Comme pour indiquer que cette étape a été décisive dans sa vie ou dans l'histoire qu'il déroulait.

À nouveau, les souvenirs affluèrent. Il ferma les yeux. Et se remit à raconter.

À l'époque des événements, il avait dix ans. L'école avait fermé ses portes depuis que la région avait été décrétée « zone à risques » et les instituteurs étaient partis. Pas d'examen donc. Il passait le plus clair de son temps à chasser le rat de montagne. Et c'est au retour d'une de ses escapades, qu'il manqua de s'évanouir. Leur maison était en flammes, son père et sa mère gisaient dans la cour, dans un ruisseau de sang. Ils venaient ainsi de payer le prix de leur entêtement : ils étaient l'une des rares familles à avoir refusé de quitter la région, malgré les menaces répétées de la gendarmerie. Ce jour-là, il eut envie de mourir. Il eut envie de ne plus respirer dans cette vie cousue de tant d'injustices.

Dans les décombres de l'incendie, alors qu'il demandait à Dieu, aux grands fétiches de sa terre de le sauver, une main s'était posée sur lui. C'était un homme grand et fort, visage bourru de quelqu'un qui vient de recevoir des coups de poing violents. John avait entendu parler de cet homme. On le disait à la tête d'un mouvement armé, capable de se transformer en animal, en arbre ou en ruisseau pour échapper aux gendarmes ou pour en tuer. C'était un fils de la montagne qui exigeait la rétrocession de la mine aux habitants de la région.

Et c'est lui qui était venu à lui, lui avait essuyé les larmes, l'avait emmené dans les montagnes pour le protéger de tout et lui redonner espoir. Il s'appelait Alpha Kroh.

John rouvrit les yeux et les fixa brusquement dans le regard de Petit Charly.

— Ça te dit quelque chose, Alpha Kroh ? demanda-t-il à son petit compagnon.

— Qui n'a pas entendu parler de cet homme ? On l'a toujours traité de « diable ».

— « Diable » peut-être avec les autres mais il a été bon avec moi.

John se souvint de tout : des petits gars qui vivaient ensemble dans la montagne avec lui et qui étaient presque des orphelins ; de son premier uniforme de petit soldat que le colonel Kroh lui avait remis ; de son premier fait d'arme contre un véhicule de la gendarmerie qui a explosé sous un jet de grenade. Avant d'avoir réuni ses quinze ans, il a été de tous les combats des rebelles du MALP (Mouvement armé pour la liberté et la prospérité).

Jour après jour, cartouche après cartouche, ils avaient réussi à conquérir toute la province du nord.

Mais le colonel Kroh n'était plus ce qu'il était. Avec le contrôle total du diamant, il s'était installé dans le luxe et avait repris, en les aggravant, les méthodes dictatoriales du gouvernement de Port-Hary. Contre ceux qui contestaient ses ordres, il exigeait de ses hommes l'application de la punition à la machette, ou la crevaison des yeux. John ne savait pas pourquoi il devait tuer de paisibles gens qui ne demandaient rien d'autre qu'on les traite avec un peu plus d'humanité. Avec un groupe d'hommes dirigé par un lieutenant de Kroh, le commandant Rambo, il s'est enfui. À leur tour, ils ont créé une autre faction rebelle « Les Combattants de la Liberté ».

Il se tut, reprit une autre bûche et la jeta dans le feu. Des craquements bruirent avidement et firent danser le morceau de bois.

— J'ai trop souffert, petit. Trop. Je ne sais pas si un jour on va s'en sortir. Plus la guerre dure, plus je sens que l'impasse devient totale.

Dans le noir, le visage de John ressemblait à un masque. Petit Charly put voir deux traits de perles rouler sur ses joues creuses. Des larmes. L'enfant se leva et s'approcha de lui :

— Si tu es malheureux, pourquoi ne quittes-tu pas les Combattants de la Liberté ? Pourquoi ? Ce serait si simple.

— Où veux-tu que j'aille ? Quand on est rebelle, survivre un jour de plus est déjà un exploit. Et puis commandant Rambo n'aime pas les déserteurs.

— Tu veux que je te dise mon secret, John ?

— Comment ?

— Il paraît qu'à Port-Hary, il y a des bateaux qui embarquent chaque semaine pour l'Europe. Si tu peux profiter d'une de ces occasions, tu pourras échapper au commandant.

— Tu es fou, ma parole. Tu n'es jamais allé à Port-Hary, n'est-ce pas ? Il y a des miliciens partout, de tous les bords. On ne peut pas faire un pas dans la rue sans essuyer leurs coups de feu. Et puis le port est gardé par les Casques bleus de l'ONU. Même si on réussissait à franchir tous ces obstacles, il faudrait être sûr de ne pas se faire repérer à bord du bateau. Mais où aller en Europe ? Il y a tant de pays. Et les gens là-bas n'aiment pas les clandestins. Toi, c'est cela ton projet ?

— Si je retrouvais ma mère, nous tenterions ensemble l'aventure.

John s'était déshabillé. Il n'était plus que dans son tricot blanc sans manches, rayé de petits trous carrés.

— Il ne faut pas beaucoup rêver, Petit Charly, reprit-il. Il n'y a qu'une chance sur mille pour réussir un tel coup. L'Europe, ce n'est pas la porte à côté. Et pourquoi pas un pays voisin du nôtre, un pays africain ? Ce serait si simple. Mais il nous faut d'abord sortir indemnes de cette brousse. Et je n'en suis pas sûr.

— Tu dis ça pour me décourager, John.

— Oh, que non ! J'essaie simplement de te dire comment je vois les choses. Maintenant, il faut qu'on se repose. Demain, la journée sera rude.

L'enfant se leva, la tête entre les épaules. Avant de s'étendre à même l'herbe, il jeta un énième coup d'œil sur son compagnon.

— Dis, John, crois-tu qu'on retrouvera ma mère ?

— Il faut prier pour cela, Petit Charly. Bonne nuit.

Tout était silencieux. La dernière flamme,

acculée par la pression du vent, expirait à petits coups. Bientôt, la seule brindille qui lui donnait vie fut complètement avalée. Une ultime flambée, puis le noir. Le grand noir de la nuit épaisse et sans lune.

Chapitre 7

— Charly ! Hé, Charly !

La voie rauque et nerveuse de l'homme résonna dans le creux de ses oreilles.

— Charly ! Hé, Charly !

L'enfant sentit la poigne de quelqu'un autour de son bras. Il sentit sur le visage le souffle de la même personne. Puis, de nouveau, la voix. Elle claqua encore dans ses oreilles.

— Tu vas te réveiller enfin, merde !

Petit Charly sursauta. Ses yeux, encore lourds, s'ouvrirent. Il regarda autour de lui. Surprise : deux individus, deux hommes casquettés étaient penchés sur lui et le regardaient. L'un borgne avec des lunettes noires et l'autre édenté, face lépreuse d'ananas. Ils puaient l'alcool et le chanvre indien. C'étaient encore une fois des rebelles. Ils étaient une dizaine, mal habillés et mal chaussés, le visage crasseux des gens ayant marché pendant dix jours sous la canicule.

L'enfant sentit ses intestins se contracter. La peur, celle qui rend nerveux et répand en soi une sensation de brûlure, lui revint… Et John ? Où était-il ? Qu'était-il devenu ? Son regard balaya l'espace et chercha, au-dessus des épaules des deux hommes, la silhouette de son compagnon. Il était là, John. Un peu à l'écart, cloué au sol, le nez dans l'herbe, les mains croisées sur la nuque. À côté de lui, se tenait un rebelle qui le menaçait de son arme, un kalachnikov.

Ici, les enlèvements étaient monnaie courante. On enlevait aussi facilement qu'on tuait. Et de nombreux enlèvements de civils, de militaires et de rebelles s'étaient achevés pas des massacres.

Petit Charly inspira, offrit ses narines à l'air comme pour boire tout l'oxygène de la brousse. Non. Ce n'était pas un rêve. La réalité, impitoyable et rude, lui griffait le visage.

Le rebelle borgne se cala un gros joint au coin des lèvres et murmura :

— Tu t'appelles bien Petit Charly ? C'est un nom de prince, ça. Mais il paraît que les princes ne font pas de bons soldats.

Il explosa d'un rire d'ogre puis alluma son joint à l'aide d'un briquet.

— Tu te demandes ce qui peut bien se passer, hein ? embraya-t-il à nouveau. Simple, mon zouave : vous êtes venus piétiner et violer notre territoire.

— Non contents d'insulter notre zone, appuya l'édenté, toi et ton ami, vous avez pris le parti d'y répandre vos merdes : urine, crachat, caca et je ne dis pas le reste.

— Un tel affront est assimilé à un crime punissable par la mort, conclut le borgne.

Petit Charly les regardait, submergé par les flots de paroles des deux hommes. Une seule envie l'habitait : uriner. Oui : la peur, quand elle le prend à la gorge, provoque toujours chez lui cette étrange urgence.

— Je voudrais… tenta-t-il timidement.

— Tu voudrais… ?

— Je voudrais pisser !

— Pisser ? s'écria l'édenté. Pisser ! Ça, c'est vraiment la bonne ! Le petit pisseur veut se décharger.

De nouveau, les deux chefs grimacèrent des rires de kangourou et se prirent le ventre.

— Tu veux donc pisser ? reprit le borgne à l'intention de Petit Charly. Allez, vas-y ! Je t'offre ma gueule comme urinoir.

Et il ouvrit la bouche largement, profondément comme un hippopotame qui bâille. Puis il mima les gestes de quelqu'un qui avale de l'urine en faisant « glouglou » et en grimaçant un air dégoûtant. Les autres rebelles explosèrent à leur tour. Ils pointèrent de la main l'imitateur en jappant, en couinant.

Petit Charly en profita pour se lever. Mais il ne put faire deux pas. Un rebelle le menaça de son arme, le poussa dans le dos vers John, toujours étendu à même le sol. On l'obligea à s'agenouiller, les mains derrière la nuque.

— Très bien, décida finalement le borgne. Nous allons exécuter ces deux idiots pour en finir une fois pour toutes.

— Bien sûr, admit son complice. Mais soyons bons démocrates.

— Oui, ils doivent choisir la façon qui leur convienne de se faire zigouiller.

— Ou ils optent pour la machette ou ils choisissent l'arme à feu.

Le borgne avança vers Petit Charly et son compagnon.

— Alors, vous avez choisi ? leur fit-il.

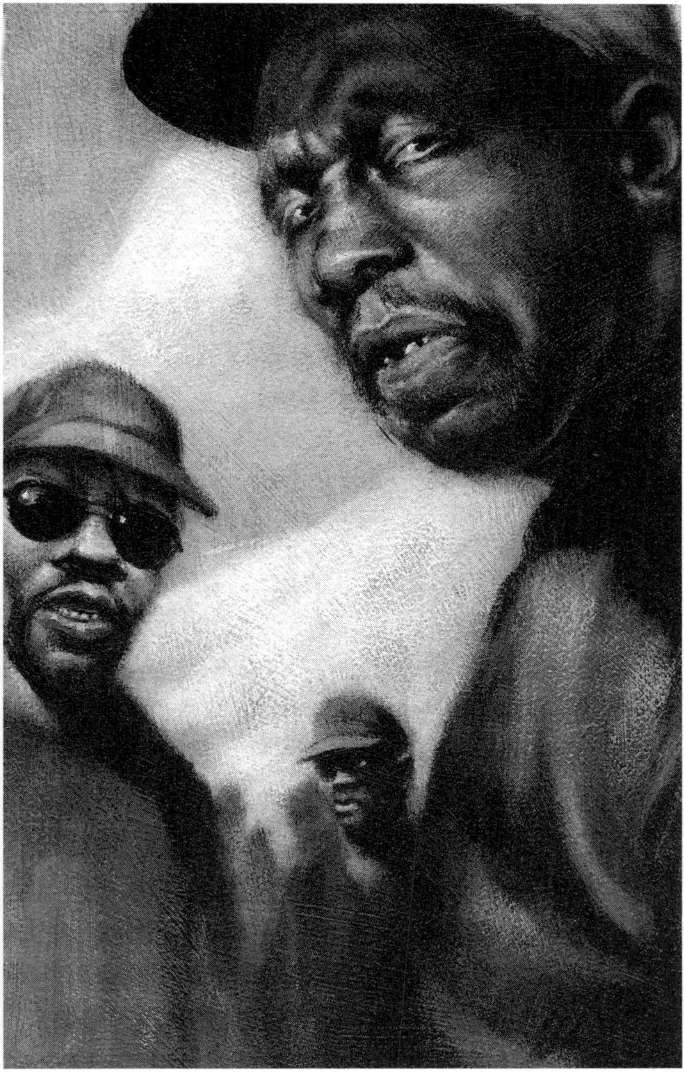

Dépêchons-nous, car nous avons des choses sérieuses à faire.

L'édenté avala sa salive, siffla entre les dents avant de préciser :

— Pas besoin de lire dans vos pensées pour savoir ce que vous avez décidé, jeunes gens : vous préférez la machette.

— La machette ! jura le borgne. Enfin, une bonne nouvelle.

Il claqua aussitôt les doigts. À la même seconde, un de ses hommes sortit on ne sait d'où un coupe-coupe et le lui présenta. Il s'en saisit, le tourna dans tous les sens de façon à y recueillir les reflets argentés du soleil matinal. Les dents desserrées, il crachota :

— Ne vous inquiétez pas, jeunes amis. Ce gadget ne fait de mal que lorsqu'on lui résiste. Et puis, contrairement à ce que vous pensez, ça ne dure que le temps de se baisser et de se lever. D'accord ?

— Ils sont d'accord sur tout, devança un autre rebelle. À voir leurs lèvres, ça dirait même qu'ils s'impatientent.

— Mes aïeux ! s'exclama l'édenté. Mes aïeux, je n'ai jamais vu des condamnés à la machette aussi gentils. Vous me donnez du bonheur… Ah, si toutes nos victimes étaient aussi beaux joueurs que vous… Allez, quelqu'un pour faire le prêtre et leur donner l'extrême-onction.

C'était presque un rituel réglé à l'avance. Un rebelle s'improvisa alors prêtre. On lui enfila une soutane. On lui tendit une bible. De la poche de son nouvel habit, lui-même sortit un chapelet qu'il se mit à égrener. L'édenté le regarda de la tête aux pieds comme s'il le découvrait pour la première fois :

— Jésus-Marie-Joseph ! s'écria-t-il. Tu finiras par me rendre jaloux avec ton air de saint béni, Toussaint. On risque de te donner le Vatican sans cérémonie. Maintenant, vas-y. Tu peux les bénir…

Le « prêtre », d'un air gravement inspiré, s'approcha des deux malheureux, grimaça un signe de croix et ouvrit sa bible.

Charly regarda John, le supplia des yeux, lui demanda de faire quelque chose, le conjura de dire un mot à l'endroit des rebelles pour les adoucir. Mais le jeune homme se contenta de lui murmurer :

— T'inquiète pas, Charly. On s'en sortira.

— Non… Ils… Ils vont nous tuer. Ils vont nous massacrer.

— Calme-toi, petit. Attends voir.

— Je vais crier, John. Je vais demander pardon, supplier. Non. Je ne veux pas mourir comme ça !

Le « prêtre », le nez plongé dans la bible, cherchait furieusement un passage qu'il n'arrivait pas à retrouver.

— Alors, ça vient cette prière ? s'impatienta l'édenté. On n'a pas que des gens à charcuter, merde !

— Écoute toi, fit aussitôt le borgne, tu ne vas pas te payer les deux condamnés. Laisse-m'en un.

— C'est mon tour d'utiliser la machette. Tu m'avais promis, rappelle-toi.

— Non, je ne t'ai rien promis. Tu inventes toujours des choses sur mon compte.

— Tu veux me traiter de voleur, dis ?

— Seul celui qui pète crie le premier à la mauvaise odeur.

— Des insultes ? Tu m'insultes ?

— Si tu le prends comme ça, alors tant pis.

— C'est lâche de se réfugier derrière des insinuations. On n'est pas homme à demi.

— Tu me cherches donc ?

— C'est plutôt toi qui veux la bagarre…

John remercia le ciel que cette dispute ait éclaté.

Une occasion à exploiter pour tenter quelque chose… Certes, il n'avait plus d'arme, son fusil-mitrailleur lui avait été arraché. Mais avec ses seuls poings, il pourrait peut-être mettre les rebelles en difficulté et réussir – pourquoi pas ? – à leur échapper. Et Petit Charly ? Lui qui était toujours aussi frêle, toujours aussi vulnérable… Pourrait-il le suivre si jamais il s'enfuyait ?

Le borgne et l'édenté s'empoignèrent comme des chiffonniers. Des coups volèrent alors, bas et haut. Des coups de poing. Des coups de patte. Les deux hommes, projetés au sol, s'accrochèrent confusément. Et les autres rebelles d'accourir vers eux pour les séparer.

C'est le moment que John choisit pour agir. Derrière lui, le rebelle, la main sur la gâchette, le tenait toujours en respect. Mais il avait les yeux ailleurs, sur les deux antagonistes.

« S'enfuir, oui… Du moins, tenter quelque chose… »

D'un petit mouvement du corps, le jeune homme se leva, fit face au rebelle. Du tranchant de la main, il lui administra deux coups secs sur les épaules. L'homme, pris de court, sentit ses bras s'amollir et fléchir. L'arme glissa de ses mains et roula sur le sol. Et John de s'en emparer. Et John d'en utiliser la crosse pour l'écraser dans l'entre-jambe de l'autre rebelle, le « garde du corps » de Petit Charly. Ce dernier hurla de toutes ses tripes et de tout son souffle avant de s'affaler dans l'herbe

— Suis-moi, petit ! ordonna John. Suis-moi ! Vite !

Les jambes du jeune garçon s'étirèrent dans l'air et retombèrent sur les pas de John. John qui lui prit aussitôt la main et plongea dans le touffu de l'herbe, toute proche. À la même seconde, retentit un coup de feu. Puis une décharge de rafale. Les herbes, autour d'eux, voltigèrent, aussitôt arrachées par les balles.

On entendit alors les rebelles hurler des ordres, des contre-ordres, puis des ordres et encore des contre-ordres.

John plaqua rudement au sol son jeune compagnon, dégagea le fusil-mitrailleur qu'il avait subtilisé, puis l'ajusta. Mais il n'eut pas le temps d'en orienter le canon. Les rebelles, dans un mouvement presque synchronisé, avancèrent vers eux.

Sueur, angoisse. Ici, les herbes n'étaient pas

hautes et ne pouvaient servir de ceinture de sécurité. Mais à une dizaine de mètres, les arbres étaient majestueux avec des troncs noueux et des feuillages ombrageux. Cependant, il fallait, pour s'abriter derrière, franchir cette petite distance. Le risque était grand. À moins que chacun avance alternativement, l'un après l'autre, en ouvrant le feu.

La respiration de Charly devint trouble. Il perçut comme une sensation d'étouffement et essaya, de la main, de se dégager de l'étreinte de son jeune compagnon. Mais l'autre, fermement, lui maintint le nez au sol.

— Reste tranquille, nom de Dieu ! lui murmura-t-il.

— Non ! Non ! bougonna l'enfant qui essayait de trouver une position moins inconfortable.

Petit Charly sentit alors ses pieds glisser sur la pelouse vers l'arrière. Il se retourna, tenta de s'accrocher à une touffe pour éviter d'être happé par les fourrés. Sous lui, un vide soudain. Il glissa de nouveau. Son hurlement, un déchirement de sons évoquant un éboulement, se perdit dans les profondeurs de la forêt. Il venait de disparaître.

— Petit Charly ! Petit Charly ! appela John.

Silence. Aucun signe. Aucune trace. John répéta l'appel. Anxieux, il se leva, écarta les fourrés de derrière et jeta un œil. Sous ses pieds, un ravin s'ouvrait, large et profond. Profond de plusieurs dizaines de mètres avec un fond noir tressé de végétaux.

Le jeune rebelle en frissonna de tous ses membres. Une chute dans cet immense trou ne pouvait qu'aboutir à la mort.

— Charly ! Hé, Charly. Réponds-moi !

Une nouvelle salve crépita autour de lui. L'imprudent ! Il avait oublié qu'il s'était mis à découvert, à la portée du canon des rebelles. Il eut un geste dérisoire de protection : son bras gauche en avant, ordonné comme la garde d'un boxeur. Les rebelles, irrités, lui envoyèrent une autre décharge de feu. Il se baissa à nouveau, enfouit sa tête sous les fourrés et attendit.

Du ravin, monta alors la voix de Petit Charly : une voix lointaine comme passant à l'intérieur d'un tuyau ou d'un entonnoir ; une voix menue, identifiable certes, mais presque inaudible. Était-il blessé ? S'était-il fait mal ? Que lui restait-il à sauver sur son corps ?

John écarta de nouveau les fourrés, se pencha

sur le ravin. Pour voir l'endroit d'où sourdait la voix. Peut-être aussi pour percevoir la silhouette du petit garçon. Mais l'espace était juste, trop juste et sa position, inconfortable. De plus, les rebelles étaient déjà tout proches, et avaient commencé à se déployer autour de lui pour l'encercler.

Une seule solution : rejoindre Petit Charly au fond du ravin, se laisser glisser sur la pente et atterrir en douceur dans le touffu de l'herbe. Déjà, des pans de sable s'effritèrent sous ses pas. Il reprit son arme, glissa le doigt sur la gâchette et régla la sortie des balles en courtes rafales. Avant de disparaître, il voulait donner une petite réplique à ses poursuivants. Le canon de l'arme vomit aussitôt une coulée de feu et balaya l'espace autour de lui. Deux, trois fois. Les yeux fermés, le fusil mitrailleur en bandoulière, il recommanda son âme à Dieu et plongea. Il plongea dans le vide. Juste à ce moment, trois mitrailles croisées fauchèrent les fourrés. Exactement là où il s'était caché.

Chapitre 8

La chute. Longue et interminable. Près d'une quarantaine de mètres en contrebas. Quarante mètres de vide. Et pourtant ce n'était pas la partie la plus profonde du ravin.

Il échoua sur la cime d'un arbre, entre le couvert feuillu de deux branches parallèles. Son poids – un poids plume – aurait pu être amorti par l'arbre s'il s'était agi d'une courte chute. Mais le dévalement avait été long et vertigineux. Ajoutées à cela, la force et la violence de l'air. Il retomba un peu plus bas, sur une autre branche qui, à son tour, le renvoya à gauche, à un étage inférieur. Sa tête, déjà, s'étourdissait sous le coup des chocs successifs. Sa peau, déchirée sur l'avant-bras et le visage, renvoyait dans tout son corps une sensation de brûlure.

Enfin, il s'écrasa au sol. Le sol, un mélange de sable, d'herbes et de pierres argileuses.

Il réussit à se lever. Péniblement. Car il avait mal. Mal un tout petit peu, des douleurs bénignes qu'on accuse dans le corps après un contact heurté. Il s'adossa à l'arbre respira un coup et s'examina à la hâte : rien de cassé, rien de tordu, pas de blessures significatives… Peut-être des dégâts à l'intérieur. Mais urgence : où retrouver Petit Charly ou ce qu'il en restait ?

Au-dessus de sa tête, une rafale d'arme automatique creva le silence. Les rebelles déchargeaient au jugé leur colère contre le ravin qu'ils accusaient, semble-t-il, d'avoir soustrait les prisonniers à leur justice. Les rebelles ? John s'étonna de les avoir presque oubliés…

Le silence retomba. Le jeune homme l'écouta. Pendant près d'une minute. Comme si l'absence de bruit pouvait gommer en lui toute angoisse et lui apporter la sérénité nécessaire. Mais la paix de l'âme n'est pas forcément absence de bruit et un signe de vie de Petit Charly, fût-il insignifiant, aurait cessé de le tourmenter. Il inspira et déroula alors sa voix :

— Héhooo, Charly ! Héhoo, Petit Charly !

Il attendit et s'écouta hurler. Il lui sembla que sa voix était devenue fluette, renvoyée en écho ou étouffée par la forêt. Il dut s'y reprendre à plusieurs fois, dans toutes les directions. En vain…

— La guerre, s'énerva-t-il, cette foutue chose aura finalement raison de ma bonne foi et de moi-même...

Le ciel, ici, était absent. Du moins, invisible. Celui qui existait n'était fait que de branches et de feuilles qui se succédaient au-dessus de sa tête. Par moments, apparaissait un carré de ciel. Avec, à chaque fois, des trous lumineux et des souffles d'air qui venaient froisser la robe verte de la nature.

John reprit sa respiration et sa force puis alerta à nouveau la végétation... De sa même voix humide et fatiguée :

— Charly ? Où es-tu Charly ? Réponds-moi si tu m'entends !

Un murmure sourd lui parvint cette fois-ci. Un bruit continu de sons rauques qui ondulaient à la manière d'un vrombissement de vieux moteur. Espoir... Il se concentra et suivit, au jugé, ce qui lui paraissait être la trajectoire du bruit pour remonter à sa source. Il marcha presque à tâtons, entre les lianes sauvages, le rideau d'herbes hautes et les branches des arbres.

Oui... Il avait raison de s'être orienté dans cette direction. Le bruit devenait plus articulé, plus ample.

Et à mesure qu'il progressait, l'air fraîchissait et laissait sur les herbes, des perles d'eau. Aucun doute. On était proche d'une rivière ou d'une cascade. Après une vingtaine de pas, il déboucha au bord d'un fleuve.

Il était énorme, ce fleuve. Sortant de la gorge étranglée d'un rocher, il dévalait en diagonal le versant du terrain qui s'enfonçait et se perdait dans la forêt.

John s'arrêta. La joie de sentir la fraîcheur de cette eau lui parcourir le visage ne vint pas. Aucune émotion. Aucune sensation particulière. Au contraire. Il était toujours tendu, les yeux remplis d'angoisse et de nervosité. De nouveau, il appela l'enfant. Un cri franc et fort. Enfin, la voix étouffée et lointaine de Petit Charly lui répondit. Il tressaillit et se précipita vers la rive.

C'était là, tout près. Là, sur la berge, derrière le banc de sable. Il s'approcha, s'agenouilla et plongea les yeux en bas. Petit Charly, à bout de force, ahanait. Il était accroché à la racine d'une plante aquatique. L'eau clapotait autour de lui et l'immergeait.

— Petit Charly ! Enfin, Petit Charly ! s'écria le jeune homme, surpris.

— John ! Aide-moi, John !

— Bien sûr, bien sûr !

— Vite ! Vite, je t'en prie !

Sans attendre, John planta son genou droit dans le sable, mit le pied gauche en avant et donna la main à l'enfant. C'était plutôt court mais un petit bond, juste un petit bond pourrait lui permettre d'y arriver. Il se pencha alors davantage et prolongea son bras pour combler la distance. Ça - y - est. L'enfant, enfin, lui saisit le poignet.

— Tiens ferme maintenant, l'encouragea-t-il.

— Oui. Oui. Je… je te tiens !

— Ne relâche pas surtout…

— Non, non, je ne lâcherai pas !

Il le tira fort. L'eau, sous ses pieds, se déchirait en écume nerveuse. À cause des monticules rocheux qui pointaient par endroits, les flots déviaient parfois de leur trajectoire, venaient s'agiter sous ses jambes avant de reprendre leur cours. Et la force soudaine du vent : elle alourdissait encore plus l'eau et tourmentait davantage l'écume.

John sentit, à ce moment-là, le sable céder sous son pied gauche. Il tangua de tout son corps, inclina la tête en arrière pour retrouver son équilibre. Mais le poids de l'enfant le fit basculer dans le fleuve. Et, avec lui, Petit Charly. Un plouf. Une chute. Suivie d'un dévalement. Les deux compagnons furent ramassés par le courant, dans une mêlée de feuilles d'arbre, de lianes, de sable et de cailloux. Sur près d'un kilomètre. Dans une succession de vent furieux et d'eaux déchaînées. John, le nez en l'air, rassura l'enfant :

— Ne... Ne me relâche pas, petit. Ne me lâche surtout pas.

— Non ! Non !

Il s'était accroché à son veston. Accroché comme un bébé qui tient ferme un objet dans la main. Le roulis de l'eau le fouetta contre un rocher. Un hurlement saignant lui desserra les dents : sur son front, apparut du rouge. Le rouge d'une petite lame de blessure au beau milieu des sourcils. L'enfant n'eut pas le temps de le réaliser. Car de nouveau, le flux nerveux le faucha et le projeta dans le précipice. C'était le dernier tourbillon avant les eaux calmes.

Les eaux calmes qui suivirent dix mètres plus loin, dans une espèce de cuvette large et profonde. Les eaux calmes où les deux échouèrent, tout curieux de la sérénité soudaine des lieux. Et John s'étonna que la fureur des eaux se soit ainsi brutalement estompée. Il sortit la tête et inspira bruyamment.

— Ça va, Petit Charly ?

— Oui… Oui, murmura l'enfant.

— T'es sûr ?

— Oui et…

— Et… Quoi ?

— Là… Là… Regarde !

— Qu'est-ce qu'il y a ?

— On dirait…

— On dirait quoi ?

— Un… Un caïman !

— Quoi ?

John se retourna. Dans la direction qu'indiquait l'enfant, à deux rafales d'air derrière eux, un saurien s'étirait. Énorme avec sa gueule à hauteur de l'onde. Rocailleux avec sa tête qui flottait au-dessus. Il fendit l'eau et se dirigea droit sur eux.

La berge n'était pas loin. Quinze ou seize mètres. En nage libre, quelques secondes auraient suffi pour l'atteindre. Mais les gestes de John étaient devenus lourds. De plus, l'arme qu'il avait en bandoulière lui pesait énormément. Il fallait qu'il s'en débarrasse pour mieux nager. Il la jeta sur la berge, prit l'enfant qui gigotait près de lui et le précipita en avant. Ne restait que lui seul maintenant. Seul, pour échapper au caïman. Trop tard. L'animal avait déjà refermé sa gueule sur son pied gauche. John se débattit. La chaussure qu'il portait resta coincée dans la gorge du reptile mais il réussit à dégager son pied. Un pied sauf, nu, mais sévèrement ensanglanté.

L'animal n'en devint que plus furieux. Il broya la chaussure et prit lui aussi le chemin de la berge. John, sous le coup de l'émotion, n'avait pas encore gagné la terre ferme. Il lui restait encore deux mètres à conquérir. Il se mit à ramper. Mais avec son pied endolori, il lui était difficile d'avancer. Le saurien, lui, risqua une autre charge sur lui. Mais au même moment, une rafale d'arme déchira l'air, puis s'abattit sur le fleuve. John eut un mouvement de stupeur : Petit Charly s'était emparé du kalachnikov et tirait. Il tirait au jugé, mais il tirait quand même.

L'animal, pris de peur, fit claquer la queue et se retourna aussitôt. Le fleuve ondula sur son passage éclair. Disparu. Évaporé. Aussi subitement qu'il était apparu. Le calme retomba alors sur le fleuve. Le calme. Le silence. On aurait dit que rien, auparavant, ne s'était jamais produit.

John s'effondra sur la berge. Il ne pouvait plus parler. Seul un sourire détendait ses lèvres. Il félicitait déjà son compagnon. Oui : il lui devait une fière chandelle.

Chapitre 9

La nuit les avait surpris sur la berge. Une nuit lourde et généreuse qui les engloutit dans ses ombres et dans ses profondeurs. Cela dura des heures, le temps que leur fatigue soit épongée, le temps que l'aurore se pointe dans la robe tachée du ciel.

Mais le réveil était loin d'être enthousiaste. Quelques douleurs étaient revenues. Des douleurs provoquées par les blessures et les courbatures. Mais il fallait d'abord faire un bilan, s'examiner pour voir les dégâts.

Petit Charly d'abord : des habits déchirés, des boursouflures sur certaines parties du corps ; des écorchures et une blessure au front, cette blessure provoquée par un choc et qui avait fini de saigner.

John ensuite : des éraflures sur la peau, des bosses nerveuses sur la tête, quelques piqûres de moucherons partout ; et puis, ces trous dans la plante du pied gauche, héritage de l'agression répétée du caïman ! Les crocs de l'animal s'étaient enfoncés dans sa chair après avoir traversé le godillot à double semelle. Et comment marcher désormais ? Comment traverser cette forêt inhospitalière avec ce pied nu, douloureux par endroits ?

— À la guerre comme à la guerre, se consola-t-il.

Il déchira un pan de son blouson, l'enroula et en fit un bandeau épais autour du pied endolori. Sur cinq mètres, il essaya cette chaussette de fortune. Ça paraît difficile mais ça pourrait aller.

Le soleil avait déjà allongé ses bras colorés sur la moitié du levant. Un filet de mousse nuageuse, nerveux et crispé, reste d'un amas grisâtre de la veille, traînait encore dans l'œil du ciel.

La journée s'annonçait déjà chaude. Petit Charly et John imaginaient ce qui les attendait. Sans tarder, ils se remirent en route et choisirent d'aller, non dans le sens du fleuve mais de remonter le ravin pour espérer gagner un chemin moins difficile. Ils réussirent à gravir la pente et à retrouver le chemin qu'ils avaient perdu. Et ce fut à nouveau la forêt. Une forêt moins dense que celle du ravin et qui tolérait une visibilité plus nette. Au bout d'une heure, la végétation s'était largement clairsemée.

Ici, la terre avait changé de couleur. Du rouge

latérite, elle devenait de plus en plus sablonneuse avec des marécages aux eaux profondes. Pas d'herbes hautes, du moins pas aussi élevées que celles de la forêt. La côte ainsi s'annonçait et John s'étonnait qu'elle fût si proche.

— On est bel et bien perdus, avoua le jeune homme.

— Comment ?

— On devrait déboucher sur la plaine au nord de la ville. Nous nous sommes encore une fois fourvoyés. Mais nous ne devons plus être loin du camp. Il va falloir aller jusqu'au bout. Tant pis si cette fois-ci nous nous faisons prendre ou tuer.

— Tu... tu as encore ton arme pour nous défendre.

— Sans doute. Mais toi... Tu ne m'avais pas dit que tu savais manier un kalach...

— Je ne le sais toujours pas.

— Va le raconter à d'autres. Comment se fait-il que tu aies tiré sur le caïman ?

— Le hasard.

— Comment ?

— Le hasard. Le fait de te voir faire.

— Tu vois pourquoi il fallait apprendre à s'en

servir. C'est sûr que tu l'aurais tué, ce monstre si tu avais eu la maîtrise du kalach…

— Tu as raison, John.

— Attends… Ce bruit. On dirait…

— Un avion ?

— Non, un camion ! Regarde là, à gauche !

— Oh !

C'était un camion en effet. Un énorme véhicule avec une charge impressionnante. Débouchant d'un tournant, tout couvert de poussière, il traînait une remorque pleine de passagers. Des femmes, des hommes et des enfants évalués à des centaines. Ils étaient nez contre nez, accrochés les uns aux autres comme à flanc de montagne.

Il était inimaginable pour tout œil débouchant de la forêt qu'une autoroute fût là, si proche. Car les herbes s'étalaient partout, couvrant tout le périmètre alentour. Seule une ligne brunâtre signalait le bitume qui traversait discrètement le paysage.

— Ce sont des réfugiés qui se rendent sans doute à Port-Hary, devina John. Mais pourquoi y vont-ils ? C'est dangereux de se mettre ainsi à découvert.

— Regarde, il y en a un deuxième. Cette fois-ci avec des inscriptions sur les côtés.

— Le FNUP ! C'est donc un convoi des forces des Nations unies pour la paix. Des Casques bleus. Ils protègent des réfugiés. Nous devons en profiter. Petit Charly, viens !

Et il empoigna brutalement l'enfant, et, malgré sa démarche de crabe – il sentait de moins en moins de douleur au pied –, enjamba quelques herbes et parvint au bord de l'autoroute.

— Trop tard, il est loin, constata le petit.

Au même moment, un autre camion émergeait du rideau de poussière qui enrobait l'horizon. À l'inverse des deux autres, celui-ci ronronnait un bruit de moteur déréglé. Petit Charly et John agitèrent vivement les bras en direction du chauffeur. Le camion tourna le coin, les dépassa puis cent mètres plus loin, s'arrêta. Deux militaires, aussitôt, en descendirent. Casque bleu sur le crâne, pistolet-mitrailleur au poing.

Petit Charly et John ravalèrent aussitôt leur sourire. Les deux hommes les tenaient en joue, tout en avançant précautionneusement. Une dizaine de pas, puis ils s'arrêtèrent.

— Jette d'abord ton arme, jeune homme ! Jette-la avant toute discussion, lança l'un d'eux à John.

Le jeune homme n'eut d'autre réaction que de s'exécuter. Le second Casque bleu se saisit de l'arme et du collier de cartouches, les remit à l'autre, puis s'approcha d'eux et les fouilla l'un après l'autre.

— D'où venez-vous et où allez-vous ? leur demanda-t-on.

— Nous fuyons les combats dans la région du Fouta et nous nous sommes égarés, fit John.

— Tu es de quelle faction, toi ?

— Des Combattants de la Liberté.

— Où sont maintenant les tiens ?

Le jeune homme détourna le regard. On eût dit que ses yeux étaient deux portes ouvertes où l'on pouvait lire des secrets.

— Je ne sais pas, lâcha-t-il.

— Bon, conclut le premier Casque bleu, si vous voulez vous constituer réfugiés, alors nous vous emmenons comme les autres au camp Peace. Nous devons traverser Port-Hary avant d'y être. N'ayez crainte. Quand nous y serons, on vous fera faire toutes les formalités. Car c'est nous qui contrôlons ce camp. Allons ! Nous avons déjà perdu assez de temps. Il faut rattraper le convoi.

Chapitre 10

Petit Charly retint son souffle quand il monta à bord de la remorque du petit camion : dans la grappe des réfugiés entassés au fond, une surprise l'attendait. Djamba Ray, l'inusable Djamba Ray. Toujours aussi bavard, toujours aussi déroutant, toujours aussi délirant. Il était là comme un cancrelat qui résiste à tous les malheurs.

Crispé dans son coin, les lèvres prolongées par un bout de cigarette, le rastaman n'arrêtait pas d'insulter le monde autour de lui. À lui seul, il voulait une place pour deux, à la fois pour ses longues jambes et pour sa vieille guitare.

Quand ses yeux se posèrent sur ceux du gamin, il se leva brutalement et ouvrit ses longs bras. Petit Charly se sentit soulevé comme un cerf-volant. Il reçu, à la même seconde, les baisers croisés du musicien sur le visage. Le bonhomme n'avait perdu aucun kilo de son haleine. Celle-ci puait toujours le *gandja* et la cigarette bon marché.

— Qu'est-ce que t'es devenu, mon grand ? lui demanda-t-il quand il eut fini de l'embrasser.

— Rien, comme tu vois.

— Ainsi, tu nous as faussé compagnie. Je me disais que ça allait arriver un jour, petit. « Un homme, c'est une volonté qui marche », te souviens-tu ?

— Oh, oui.

— Alors, je me suis dit que si t'as cette merveille dans le citron, tu iras un jour à la recherche de ta mère. Mais fallait quand même m'en dire un mot avant de t'évanouir dans la nature. Alors, t'as fini par la retrouver, ta maman ?

— Hélas, pas encore !

— L'essentiel est que tu ne perdes pas espoir.

— Je l'ai pas perdu, Ray.

— T'es mon héros. Un enfant de Jah est reconnaissable entre mille autres. Viens un peu par ici !

Au même moment, il remarqua John et arrêta aussitôt son regard sur lui. Il le détailla comme s'il s'agissait d'un intrus, comme s'il venait perturber leur conversation. Petit Charly lut le message sur son visage et devança ses intentions en lui présentant le jeune homme.

— Tu ne ressembles pas au diable, toi, ironisa-t-il à l'endroit de John, mais je parie que s'il te faisait la cour, tu accepterais.

Et il partit d'un éclat de rire qui exposa ses dents toujours habillées de jaune et de noir goudron.

Dans la remorque, on comptait près d'une cinquantaine de personnes, hommes, femmes et enfants. Ici, c'était un petit camion et déjà le nombre était exorbitant. Néanmoins, en bousculant les uns et les autres, en écrasant des tibias à gauche et à droite, Djamba Ray put trouver de la place à ses amis, près de lui, tout au fond du camion. Il se sentit alors important et se mit, tout à son aise, à parloter. Parloter. On eût dit que c'était la seule chose qu'il savait réellement bien faire.

— Alors, tu ne demandes pas ce qui a bien pu arriver à ce sacré Djamba pour qu'il se retrouve dans cette saladière ? avança-t-il. Belle question, n'est-ce pas ? Mais simple réponse : j'ai fait comme toi.

— Comment ? s'étonna Petit Charly.

— Au camp, mon vieux, la pourriture gagnait. Il y avait trop de règlements de comptes. Je me suis dit que le peuple devenait fou et qu'en restant là à vouloir les raisonner, je risquais d'y laisser ma foutue merde de vie. Et puis, mon talent avait besoin d'autres horizons pour éclater au grand jour. Au fait, tu connais pas ma dernière chanson ?

Petit Charly fit mine de n'avoir rien entendu.

— Fais pas cette tronche-là, mon vieux, j'ai changé de registre. C'est du Zao revisité. Zao, tu connais pas l'instituteur de Brazzaville ?

— Euh… non.

— Finalement, je vais croire que tu sors d'un trou. Mais avec moi tu apprendras vite. Écoute mon vieux.

Et le voilà reparti pour une énième envolée musicale. Avec sa guitare, sa voix troua le calme précaire du camion et se fondit dans l'air. Il scandait :

La guerre ô ce n'est pas bon, ce n'est pas bon
Quand viendra la guerre
Tout le monde cadavéré
Et la guerre est venue
Toute la ville est cadavérée
Mon chat cadavéré
Mon gandja cadavéré
Ma guitare cadavérée
Moi-même cadavéré

Il chanta ainsi durant tout le voyage. Il chanta ainsi pour aider les réfugiés à moins sentir la fatigue, le stress et surtout l'angoisse.

*

Port-Hary. Immense cité au ventre monstrueux. Ville déstructurée, démembrée, émiettée. Partout, des traces de combats et de pillages : maisons détruites, immeubles calcinés, voitures brûlées, routes défoncées.

Après les baraques et les hangars de la périphérie – ou ce qu'il en restait – apparurent des quartiers plus modernes. Mais ici aussi, c'était la grande désolation, avec les mêmes images de cité déchue et abandonnée.

Au centre-ville, il était impossible de circuler. Des barrages avaient été érigés partout, même jusqu'aux endroits insoupçonnables. Les factions en guerre – près d'une dizaine – avaient, chacune, délimité leur zone de contrôle et il fallait user de prudence pour ne pas tomber dans leur traquenard.

Dans le dernier camion du convoi des réfugiés,

Petit Charly et John étaient aux aguets. Tout comme les autres passagers. Et ce, malgré la présence à bord de deux Casques bleus. Seul Djamba Ray manifestait une étonnante assurance. Il avait fini de chanter ses interminables airs de reggae et s'était tu, le visage respirant de satisfaction comme s'il était revenu d'une mission périlleuse et parfaitement accomplie. D'ailleurs, dans le camion, on lui sut gré de s'être tu car on voulait rester concentrés durant la traversée.

La route était devenue pierreuse et subitement plus crevassée. C'était un raccourci qu'il fallait emprunter pour espérer gagner une autre voie plus au nord et qui menait directement au camp Peace.

À un coude du trajet, le camion en tête du convoi s'arrêta. Une énorme tranchée avait été creusée sur toute la largeur de la route. Impossible, dans ce cas, d'avancer. Ordre fut donné alors au dernier véhicule d'amorcer la marche arrière et de rechercher une voie de détour.

C'est à ce moment que tout bascula. On entendit des cris de l'autre côté de la rue. Des cris, des ordres hurlés, des menaces de mort.

— À bas les Bandungun !

— Mort aux traîtres et à tous les ennemis des Bandungun !

Aussitôt, deux grandes explosions crevèrent l'air et répandirent des gravats de bitume et de plâtre sur les camions.

Petit Charly, le cœur tressautant, s'agrippa férocement à la chemise de John. Il vit les passagers du camion se renverser les uns sur les autres, hurlant à tue-tête. Certains durent se confondre au plancher de la remorque, d'autres tentaient de se frayer un passage vers le fond. Le véhicule, brusquement, fit demi-tour, mais, au moment d'embrayer, le moteur râla et s'éteignit.

— Foutu camion ! s'énerva le chauffeur.

Une panne. C'était une panne inattendue et malheureusement aussi un piège. Personne ne pouvait prendre le risque de descendre. Une balle perdue et des dégâts seraient nombreux.

— Pas… pas de panique, rassura l'un des Casques bleus. Que chacun garde sa position couchée !

Une mitraille, venue de la route voisine, s'abattit au même moment sur le convoi. Des grenades explosèrent encore une fois. Et encore une fois, les trois camions en furent secoués.

Du regard, les deux soldats se consultèrent. Du regard, ils décidèrent. Alors, l'un d'eux roula jusqu'au bord de la remorque, l'ouvrit puis fit signe aux réfugiés de descendre. John fut le premier à sauter à terre, suivi de Petit Charly, puis de Djamba Ray. Les autres passagers les imitèrent.

À droite, à côté d'un égout à ciel ouvert, une ruelle creuse s'enfonçait. Des eaux de ruissellement y stagnaient. John prit son compagnon par la main et s'y engagea. À toutes foulées. Derrière eux, d'autres réfugiés avaient surgi. Ils couraient. Ils couraient comme s'ils ne devaient jamais s'arrêter.

Chapitre 11

Comme l'ensemble de la ville, la rue, par ici, semblait déserte. Au tournant, en prenant par la gauche, apparaissait une place publique dominée par la statue en bronze d'un héros national. Le personnage était manchot. Sans doute un dégât causé par un explosif.

Petit Charly, John, Djamba Ray et les autres réfugiés venaient de se retrouver sur cette place publique. Ils avaient couru pendant un quart d'heure sous la conduite de John et avaient réussi à éviter les barrages de fils de fer barbelés, des sacs de sable et des troncs d'arbres. Pour être venu déjà combattre dans la ville, John savait quel chemin emprunter pour ne pas faire de désagréables rencontres.

— Ça va, Petit Charly ? demanda-t-il à l'enfant.

— Ça peut aller, John, lui répondit-il, essoufflé.

Le jeune homme se mit en pointe sur une maçonnerie et embrassa d'un coup d'œil l'ensemble des réfugiés. Personne n'était gravement blessé, ni ne souffrait. Mais tous voulaient qu'il les conduise loin, à un endroit ou à une cachette sûrs. À peine le connaissaient-ils que déjà ils lui faisaient confiance.

Djamba Ray, le rastaman qui était resté muet et discipliné se décida à prendre la parole. Il éleva brusquement le ton :

— Le coin est vraiment piégé, mes frères. Encore un coup de Babylone. Mais patience, « la délivrance n'est pas loin » comme le disait le prophète Garvey.

— Laisse tomber le prophète, homme, intervint énergiquement une jeune femme. Tu nous emmerdes, toi.

— Des emmerdes, dis-tu ? releva aussitôt le musicien. Moi, emmerdé le monde ? Si tu étais ma sœur, femme, je t'aurais déjà fessée sans prière. Jah lui-même recommande que la femme doit obéissance à l'homme.

— Il ne s'agit pas de ça, voyons fit remarquer quelqu'un. Pour le moment, il est question de trouver un endroit sûr.

— Une cachette ? Écoutez-moi ces femmelettes ! Vous voulez reculer devant ces tueurs, les valets de Babylone ? Ainsi, vous refusez de vous battre, mes frères.

John étendit les mains comme pour demander du silence.

— Je propose qu'on aille au port, avança-t-il. Il se trouve à cinq cents mètres. Mais la zone est dangereuse et les tireurs embusqués y sont nombreux. Si vous êtes prêts à prendre le risque, alors on y va. D'accord ?

Il n'y avait pas à hésiter. Sous la conduite du jeune homme, tous, d'un mouvement lent, traversèrent la rue et se glissèrent sur le terre-plein au milieu de la grande avenue, l'avenue du Général Krahn. Mais à peine avaient-ils fait quelques pas qu'une rafale de mitraillette crépita et les obligea à battre en retraite. Ils se réfugièrent alors derrière le versant d'un mur qui débordait à l'angle de la rue. Énième arrêt. Énième angoisse. La tension devint pesante. C'est alors que Djamba Ray se détacha du lot. Il se risqua au-devant des autres et lança :

— Ils me tapent sur les nerfs. Comment peut-on tirer dans le dos d'un homme désarmé ? Vous voyez comme ces jetons pourris veulent nous liquider ! Je propose qu'on les invite à se montrer. Il faut avoir le courage de lutter contre ses adversaires à visage découvert. Moi, en tout cas, je vais te les moucher, ces garnements du diable.

— Écoute, Ray, fit John, ce n'est pas le moment de plaisanter.

— Moi, plaisanter ? s'indigna le rasta. Non, c'est vous qui ne mesurez pas la gravité de la situation. Si on ne tente rien, ils auront notre peau. Et c'est Babylone qui aura encore une fois gagné.

Il se composa une mine presque tragique, bomba le torse comme si l'adversaire était là, à portée du poing.

— Alors, personne pour m'accompagner ? Vous voyez bien pourquoi Jah a dit que nous souffririons tant que nous ne serions pas solidaires. Tant pis, j'irai seul.

— Écoute Ray, avança timidement Petit Charly. Tu chantais tout à l'heure la fin du monde avec la guerre.

— T'as rien compris toi. La fin du monde, ça se passe d'abord dans notre tête avant de se produire dans la réalité. Et je crains que ça ne soit déjà arrivé dans vos crânes.

— Sois raisonnable Ray, enchaîna à son tour John. Zao a dit que…

— Ah, Zao ! s'excita-t-il. Ce Zao, il a beau vous mettre en garde contre la guerre, s'il ne s'y met pas lui-même, c'est comme qui dirait du travail bâclé. Moi je ne suis pas Zao et dans mon sang piaffe la fureur du rasta.

Et il se retourna, avança dans la rue, du côté des maisons où les tireurs étaient embusqués. Il marcha crânement, les poings fermés, la démarche élastique. Des voix, dans son dos, s'élevèrent. On le rappela, on tenta de le dissuader. Mais lui était à son aise. On eût dit que ces paroles, au lieu de le décourager, le poussaient à plus de témérité. Quand il fut suffisamment dans le champ de vision des tireurs, il hurla :

— À vous qui êtes dans l'ombre en train de nous tirer dessus, je vous parle. Pourquoi vous comportez-vous comme des animaux ? Pourquoi avez-vous accepté d'être utilisés par Babylone ? La méchanceté, ce n'est pas africain. La mouchardise, ce n'est pas dans notre sang.

John voulut risquer quelques pas pour le ramener à l'abri mais quatre coups de feu rapprochés éclatèrent. Le musicien, nullement ébranlé, montra son poing.

— Quand on veut mesurer ses forces, on se

montre en toute honnêteté. Moi, je ne suis pas armé. Et je vous invite à vous découvrir.

Des rafales d'armes automatiques lui répondirent. Mais il avançait toujours. Et toujours aussi provocateur. Enfin, il s'arrêta, passa la main sur sa poitrine, jeta un œil derrière. Les réfugiés le regardaient tous étonnés. Ils se demandaient par quel miracle les coups de feu ne l'avaient pas encore touché. Mais lui, visiblement inspiré, allongea le cou, nargua les balles qui sifflèrent au-dessus de ses cheveux.

Le ciel, un moment, parut proche de sa tête. Le ciel, d'un grand bleu, net et généreux qui remplit sa tête et lui fit miroiter un grand rêve. Il s'imaginait roi, souverain d'un immense royaume où les gens n'avaient besoin, pour être heureux, que de le louer. Il se vit au milieu de ses sujets, des hommes, des femmes et des enfants qui l'ovationnaient et se prosternaient à ses pieds. À côté de lui, le grand rastafari Hailé Sélassié Ier*, vêtu de pourpre et d'or, le menton hérissé de son éternelle barbichette, la posture

---

* Nom de règne du ras (chef) Tafari Makonnen, empereur d'Éthiopie de 1930 à 1974.

seigneuriale. Djamba Ray était tellement comblé, tellement emporté qu'il ne vit pas la main traîtresse qui s'approchait de lui, armée d'un couteau. Le négus* lui fit alors signe pour l'en avertir. Mais impossible d'attirer son attention. Le musicien était ailleurs à boire son bonheur. C'est alors que le traître le frappa. Dans le ventre. Fort et précis. Djamba Ray rouvrit les yeux et s'aperçut que ce n'était pas un coup de couteau qui l'avait atteint mais une balle tirée des bâtiments d'en face. Une balle qui le frappa et le bouscula loin, deux mètres en arrière. Les cris des réfugiés s'élevaient en chœur.

— Reviens, Ray ! Reviens maintenant !

L'homme se tint debout pendant quelques instants, puis se prit le ventre. Son visage parut rayonnant un moment. Il fit deux pas, trois pas. Le quatrième, il l'acheva en tombant sur le goudron, au milieu de la chaussée. Un filet de sang coulait de ses grosses lèvres ravinées.

---

* Titre porté par les souverains éthiopiens.

Chapitre 12

Au bout de l'avenue du Général Krahn, le wharf* se découpait sur le fond bleu de la mer. Malgré une brume légère, on voyait le toit blanchâtre d'un navire en accostage. Tout paraissait calme. Un Casque bleu se tenait en faction à l'entrée du port.

Les réfugiés n'étaient plus qu'à quelques mètres de l'établissement. John et Petit Charly avaient réussi à les conduire. Il avait fallu les organiser en deux groupes et les faire avancer alternativement. Malgré les coups de feu intermittents des tireurs embusqués, ils avaient pu se faufiler à travers les décombres et les murs des maisons érigées le long de l'avenue.

Là-bas, derrière, le corps de Djamba Ray occupait la largeur de la chaussée. Le musicien était mort. Il avait succombé aux blessures provoquées par le coup de feu. John et Petit Charly avaient tenté de le sauver. Mais l'homme avait déjà perdu beaucoup

---

* Appontement qui s'avance dans la mer, pour permettre aux navires d'accoster.

de son sang. Ses dernières paroles, les deux compagnons les entendaient leur griffer encore les oreilles. Il avait dit :

— De toutes les façons ça devait arriver un jour. Une malédiction pèse sur nous. Un homme qui tire sur son frère ? C'est la main de Babylone. On les paie pour ça. C'est encore plus détestable. Mais il faut continuer le combat.

Il s'était brusquement tu et avait tourné son regard vers Petit Charly. Le gosse, les yeux gonflés de larmes, se rendait compte que la vie s'éloignait de son ami et qu'il se sentait impuissant d'en arrêter le cours. Mais le rastaman n'avait pas encore perdu de sa lucidité. Il lui avait confié :

— Rappelle-moi, mon grand, ce qu'il te disait, ton pater.

— « Un... un homme, c'est une volonté qui marche », répondit le jeune garçon.

— Eh bien, moi j'ai tenté, dans ma vie, d'être un homme. Ma volonté était debout, mais elle n'a pas pu marcher. Peut-être que Jah voulait autre chose pour moi. Mais quoi donc ? C'est ce que je compte lui demander là-haut. Toi, il faut prendre bien soin de toi.

Puis, il s'était remué sur le côté. Le sang sortant toujours en écume de sa bouche, il murmura à John :

— T'aimes le reggae ? Ma guitare est faite pour ça. Prends-la, je te la donne. Et quand tu joueras du reggae, pense à nos luttes passées et à venir car c'est une musique de libération.

Il lui avait pris la main et s'était soudainement raidi. John s'en souviendra toujours. De même que Petit Charly. Il y a des images qui ne s'éteignent jamais dans la mémoire.

L'avenue du Général Krahn était noire de monde. Des centaines d'autres réfugiés, sans doute les passagers du convoi, avaient débouché des ruelles voisines et s'étaient joints aux deux groupes. Eux aussi avaient réussi à s'échapper du traquenard et les Casques bleus qui les accompagnaient étaient toujours là pour assurer leur sécurité.

Petit Charly et John bénirent le ciel. Avec la présence, à leurs côtés, de ces militaires, il leur était maintenant facile d'entrer dans l'établissement. Du coup, hommes, femmes et enfants se précipitèrent dans l'enceinte du port.

Enfin le soulagement, enfin l'objectif atteint. John et son jeune compagnon pouvaient relâcher leur respiration et trouver un endroit où reposer leurs jambes et leurs têtes. Mais quel endroit ? Où dormir ? Ici, presque tous les espaces sont occupés et les réfugiés se disputaient pour trouver un petit abri de fortune.

Les deux amis s'ordonnèrent alors à l'intérieur du port. Ils firent d'abord mouvement à l'est avant de s'attarder à l'ouest, lequel occupait, en superficie, la seconde moitié de l'établissement.

Port-Hary, qui a donné son nom à la ville, était grand, incroyablement grand. Un immense territoire qui n'avait pour limites que de hauts murs en béton armé, harponnés en dessus, mais trop loin pour être visibles.

À l'est comme à l'ouest, des containers, empilés les uns sur les autres, gigantesques boîtes d'allumettes qui se succédaient à l'infini.

Port-Hary, c'était un autre camp de réfugiés. Ils étaient partout, ces réfugiés, fourmis éparpillées jusqu'aux recoins les plus insoupçonnables. Ici, on avait tout transformé en abris de fortune. Et l'imagination des gens s'adapte en fonction des besoins ou des urgences.

— Regarde là ! indiqua brusquement John.

— Quoi donc ?

— Cette… cette remorque de camion.

— Tu penses que…

— Oui, Petit Charly. Ça peut faire l'affaire. Allons voir ça de près.

C'étaient les ruines d'un camion complètement dépiécé. Il ne restait plus que la remorque. Petite, basse, malmenée par l'embrun et les intempéries, celle-ci reposait sur des briques superposées et des jantes de pneus. Un hangar de circonstance. Le genre de trou où l'on peut se recroqueviller pour s'oublier et se protéger.

— T'as raison, John, ça peut aller, conclut Petit Charly quand il eut fini d'inspecter les lieux.

— Bravo ! le félicita son compagnon. J'aime bien quand tu te contentes de peu. Tu as vu les moustiques ?

— C'est leur paradis.

— Le plus important, c'est d'avoir ce morceau de coin. Le reste, c'est de la gnognotte.

— Dieu t'entende.

Soudain, des bruits de voix, échappés du lointain, vinrent s'abattre sur eux. Cela évoquait un mouvement d'hommes et de femmes, une foule en délire ou en train de conspuer un homme. Petit Charly tressaillit :

— Tu entends la même chose que moi, John ?

— Qu'est-ce que c'est ?

— Je ne sais pas, moi. On dirait une émeute…

— Allons-y voir.

Chapitre 13

Les deux compagnons s'étaient rendus aux nouvelles. Ils s'étaient rendus à la cour intérieure du port, la plus grande, près du bâtiment administratif, là où s'étaient élevés les cris. C'était une foule rebelle et grondeuse. Près de deux mille âmes. Plus qu'excitées : furieuses et menaçantes. Ils avaient formé un cercle autour d'un homme, un squelettique qui essayait vainement de comprendre ce qui lui arrivait.

L'homme avait été déjà déshabillé. Il ne restait sur son corps qu'un caleçon troué. La sueur, en plusieurs jets, rayait sa poitrine. Quoique pitoyable, il inspirait à la foule des appels au meurtre.

— À mort le rebelle !

— À bas le criminel !

John n'eut aucun mal à comprendre : c'était encore une fois un de ces interminables règlements de comptes. Des réfugiés qui avaient sans doute reconnu un ancien rebelle ayant commis des violences sur eux. Peut-être aussi un autre prétexte pour liquider un vieil ennemi.

Un homme sortit de la foule avec une femme et deux enfants, un garçon et une fille. Le silence, en même temps, s'abattit sur tous. L'homme se tourna vers la femme et cria :

— Femme, reconnais-tu cet homme comme le bourreau de ta famille ?

— C'est bien lui, fit la femme sans hésiter.

— Es-tu sûre de ce que tu dis ?

— Sur la tombe de mon mari assassiné, je le jure. Cet homme pourrait se dissimuler sous un masque, je le reconnaîtrais toujours. Ses yeux et sa voix le trahiront toujours.

Une salve de cris salua cette réponse. Le juge de circonstance calma la foule d'un geste de la main et avança :

— Que lui reproches-tu au juste, femme ? Que t'a-t-il fait ? Qu'a-t-il fait à ta famille ? Parle sans crainte, ma grande. Si la guerre nous a égarés, il nous faut réapprendre à être humains. Nous t'écoutons.

La femme regarda l'assistance pendant un court instant.

— Cet homme est arrivé dans notre village, il y

a deux ans de cela, raconta-t-elle. Il est arrivé avec un groupe de rebelles. Ils ont d'abord incendié nos cases, vidé nos greniers puis se sont attaqués aux bêtes qu'ils s'amusaient à décapiter. Moi, j'étais cachée dans le buisson avec mes enfants, car j'ai eu le temps de m'enfuir. Mais ils ont ratissé la brousse et m'ont découverte. C'était dur, très dur, vous savez…

Elle écrasa une larme, nettoya du revers de la main un soupçon de morve qui dansa sous ses narines. Sa voix se fit aussitôt fibreuse.

— C'est lui qui m'a vue, continua-t-elle. Lui, ivre de chanvre indien et d'alcool. J'ai supplié, demandé qu'on me laisse mes deux enfants sains et saufs en échange de ma propre vie. Mais pour lui, c'était comme de la provocation. Alors, il s'est mis à me battre. Pendant une heure avec ses hommes. Puis ce fut sur mon sexe qu'ils se jetèrent et…

Elle coucha les yeux au sol comme pour surmonter la gêne qui l'avait prise, puis reprit son récit :

— Quand ils ont fini d'abuser de moi, ils se tournèrent vers mes deux enfants et me demandèrent si je nourrissais pour eux une petite ou une grande ambition. Vous devinez ma réponse. Mais moi je ne savais pas qu'ils m'engageaient à faire mutiler mes gosses. Avoir une grande ambition équivalait à leur faire couper les bras ; et en avoir une petite à leur faire trancher la main. Et c'est lui qui a tranché avec sa machette, oui : lui ! Il a tranché dans le vif !

Le juge de circonstance montra à la foule les parties mutilées des deux enfants. Il ne restait au garçon qu'une jambe tandis que la fille exhibait un poignet sans main.

De nouveau, des appels au meurtre éclatèrent. Ce n'était plus de l'indignation. C'était de la révolte prête à exploser et à déferler sur le port.

Un vieil homme, tenant à peine sur ses jambes, se détacha de l'assistance. Avec ses deux bâtons qui lui servaient de béquilles, il fit mouvement vers le présumé criminel et lui asséna deux coups. Mais des coups trop mous, trop faibles pour faire mal.

— Je n'ai pas pu me retenir, lâcha-t-il à l'adresse de la foule. Non, je n'ai pas pu. Si j'en suis réduit aujourd'hui à moins que rien, c'est à cause de lui ou d'un de ses acolytes. Déchargez-vous sur lui. Il paiera pour les autres.

— Oui, oui ! approuva le chœur déjà surexcité.

— À mort les criminels de guerre !

— À bas les rebelles !

La foule n'attendit pas longtemps. Elle fondit sur l'homme. La haine que les gens avaient accumulée tout au long de la guerre contre ceux qu'ils considéraient comme leurs bourreaux, venait d'exploser. Hommes et femmes, jeunes et vieux. Chacun voulait donner sa part de blessures ou de coups reçus, on cherchait à rembourser les nombreux sévices endurés.

Le présumé rebelle tomba sous les coups. Il ne chercha même pas à se protéger, ni à parer les coups. Seuls deux cris tombèrent de sa bouche. Des cris vifs traduisant une cruelle douleur.

John se précipita pour arracher Petit Charly de la mêlée. Il le souleva d'une main et le jeta deux mètres plus loin. Le jeune garçon n'eut pas le temps de se plaindre. Une bombe, au même moment, explosa. Une bombe lacrymogène avec des petites colonnes de fumée qui s'élevèrent et se dissipèrent nerveusement dans l'air.

L'air qui devint aussitôt piquant pour le nez et les yeux. L'air irrespirable qui obligea les gens à chercher leur chemin pour s'enfuir. Mais tout se mêlait. La foule, la fumée, l'air. Des hurlements désespérés de femmes et d'enfants se répandaient et l'on entendit des voix d'hommes appelant leurs épouses et leurs gosses.

Alors, débarquèrent cinq Casques bleus, le visage chaussé d'un masque à gaz. Ils plongèrent dans la mêlée, dégagèrent, au milieu des corps qui se démenaient, l'homme qu'on tentait de lyncher. Puis ils s'en allèrent avec lui, libérant derrière des coups de feu en l'air. La confusion dura un moment avant que le silence s'abattît sur les lieux.

Quand le gaz lacrymogène se dissipa, tout le monde reprit ses esprits. Il y avait des blessés. Une dizaine. Des gens qui avaient été piétinés ou qui avaient reçu, dans la confusion, des coups et des blessures. Les gens se contentèrent de maudire les Casques bleus. Ils leur dénièrent le droit de protéger des criminels de guerre et promirent de manifester leur indignation.

— Allons-nous-en, décida John. On n'a plus rien à faire ici.

— Tu as raison, acquiesça Petit Charly.

— Tu as vu pourquoi fallait pas rester ?

— Oui.

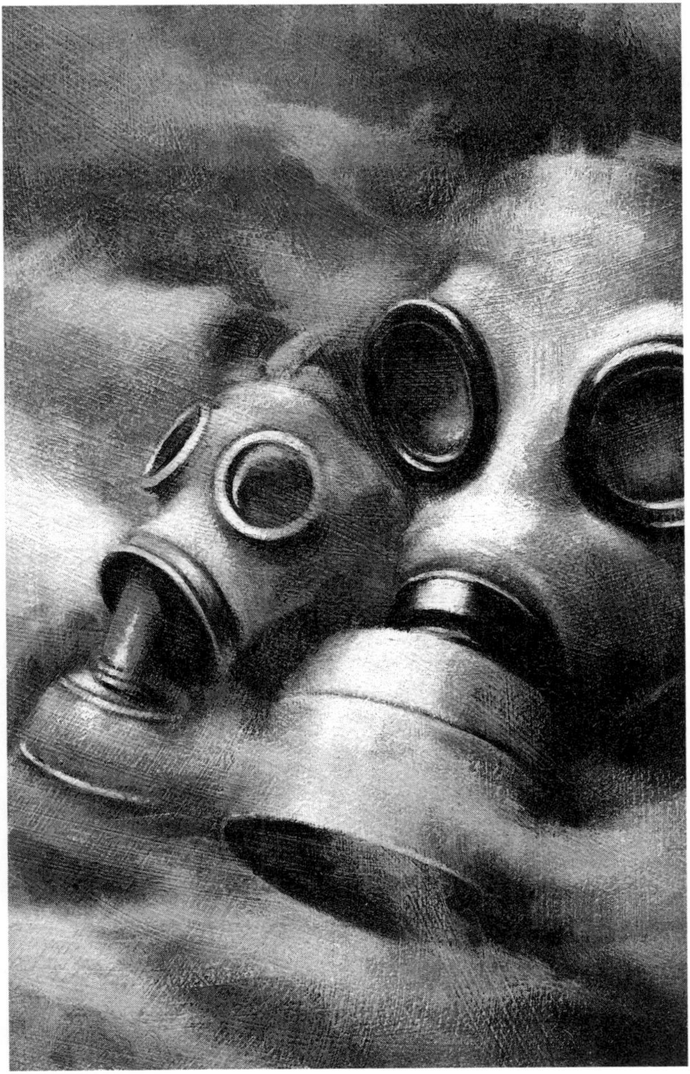

— Imagine qu'ils aient réussi à le lyncher, ce bonhomme. Maintenant dépêchons-nous.

*

Le crépuscule, lentement, assombrissait le port. De larges traînées de nuages gris, insensibles aux derniers rayons défraîchis du soleil, avaient plaqué leurs ombres frileuses sur l'horizon.

John et Petit Charly retournèrent à la remorque du camion. Ici, une autre surprise les attendait : un groupe de réfugiés avait déjà investi les lieux. Un homme, sa femme, ses sœurs et deux marmitons. Ils avaient déballé leurs affaires et, une à une, les disposaient sous la remorque.

Les deux compagnons tournèrent les talons. Ils ne purent exiger de ces réfugiés de débarrasser les lieux. Ce n'était pas leur propriété, ni la case de leur père. Ils durent se résoudre à chercher ailleurs un autre abri. Ailleurs, dans les espaces inoccupés et peut-être à l'intérieur d'une carcasse de voiture.

Cela dura une heure. Une heure d'errance à travers les autres décombres du port. À la fin, ils durent se contenter de l'ombre d'un container. L'ombre seulement, car la grosse caisse ne présentait aucune ouverture sur les quatre côtés.

« À la guerre comme à la guerre. »

Chapitre 14

Le ciel ressemblait à une immense nappe de velours noir sertie de pierres précieuses. Aucune clarté ne semblait l'adoucir malgré les milliers d'étoiles qui scintillaient comme autant de torches vacillantes.

Petit Charly se réveilla et reçut dans l'œil le plein du spectacle. C'était pour la première fois, depuis qu'il avait fui le camp, que ses sens se montraient réceptifs aux humeurs de la nature. Avec les murmures de la mer toute proche, les rafales du vent venues du large, le concert des grillons et d'autres insectes qui voletaient dans la nuit.

Il se leva, écouta la nuit, comme si le vent allait porter à ses oreilles quelques sons familiers. Mais aucun bruit, aucun parfum ne vint caresser ses sens. La nuit n'avait que sa voix silencieuse à offrir.

À côté de lui, John était toujours étendu contre le container. Il dormait à poings fermés, à même le ciment, la tête posée sur « sa » guitare. Le jeune garçon s'accroupit près de lui, chercha son poignet et lut l'heure à sa montre-bracelet : trois heures et demie ! Non, ce n'était pas une heure pour se réveiller. Se rendormir. Oui, se replonger à nouveau dans le sommeil. Mais ses paupières avaient déjà fini de s'alourdir.

Un bruit sec, à peine audible, le fit frémir aussitôt. Tout proche, à l'angle droit du container, quelque chose venait de bouger. Il roula de gros yeux. Le bruit se répéta. Un crac, un petit crac comparable à de la noix qu'on casse. C'était une souris, grasse et énorme, insolente d'assurance et de provocation. Elle était assise sur ses arrières en train de ronger un fruit sec. Petit Charly en était tout retourné : de savoir qu'il y avait, dans ce pays où des hommes, des femmes et des enfants mouraient de faim, des souris rondes et grasses. Faim. Il eut aussitôt faim. L'animal avait provoqué en lui des envies de manger.

Il s'ordonna sur ses quatre membres, avança alors vers le rongeur. Précautionneusement, avec des gestes de chasseur. Mais les animaux, parfois, ont l'intuition plus alerte que celle des hommes. Le rongeur arrêta brusquement ses gestes et se retourna. Un petit friselis. Elle se dressa, fit mine de n'avoir pas vu l'enfant et, comble d'effronterie, lui montra son échine. Petit Charly retint un moment son souffle puis bondit. Élan risqué. L'animal, tout fier de son jeu, avait déjà sautillé pour se retrouver deux mètres plus loin. Petit Charly manqua de s'écraser la denture contre le sol. Le sang lui monta à la tête. Il se releva aussitôt. Et prit l'animal en chasse.

La souris s'élança, se faufila entre les containers, zigzagua dans les petites allées qui serpentaient les entrepôts. Puis ce fut un parc automobile jonché de vieilles carcasses de voitures. L'enfant suivit la souris qui s'engouffra sous un camion berline. Lui aussi roula par-dessous le véhicule. Mais au moment de se retrouver de l'autre côté, il sentit la présence de deux individus. Un homme et une femme. Ils étaient couchés l'un sur l'autre, presque soudés, entraînés dans un mouvement de corps synchronisé.

Petit Charly eut subitement peur. Il pensa à un meurtre en train de se perpétrer, un étranglement en cours. Mais surprise : les deux individus se démêlèrent puis l'un bascula à côté de l'autre, dans un long soupir. L'enfant entreprit alors de se mettre à l'abri, en effectuant une roulade à reculons. Trop tard. Les deux l'avaient déjà vu.

— Dis donc, toi… ? fit alors une voix.

Petit Charly se raidit aussitôt.

— Qu'est-ce que tu fous là, bon sang ?

C'était un colosse qui libérait cette voix dure. Un homme fait de muscles, aux jambes arquées et au cou énorme. Il le regardait fixement, l'air à la fois grondeur et menaçant. Mais l'enfant n'eut pas le temps d'articuler un seul mot. L'homme s'était déjà approché de lui et l'avait soulevé.

— Ainsi, t'étais en train de nous épier, hein ?

— …

— Très bien, je vais t'ôter définitivement l'envie de te rincer les yeux quand des adultes se font plaisir.

— Laisse tomber, Ken ! Tu vois pas que c'est un gosse…

La femme sortit à son tour de l'ombre.

— Lâche-le, je te dis !

— Justement, admit aussitôt l'homme. C'est pour cela que j'ai envie de le moucher.

— Fais pas de bêtises, Ken, insista la femme.

Elle s'approcha de Charly. L'enfant faillit crier de stupeur.

C'était une femme blanche. Oui, une Blanche.

Fine avec sa silhouette, malgré le port du tee-shirt-jean-basket. Une femme blanche ici ? Et pourquoi donc ?

L'homme reposa le gamin par terre et expira bruyamment.

L'obscurité était, ici, moins opaque que dans certaines zones du port. L'un des rares réverbères qui éclairaient l'enceinte avait étendu son spectre sur la moitié du parking, ce qui laissait un filet de ses rayons courir jusqu'ici.

Petit Charly détailla la femme. Jolie certes mais sauvage. Une beauté naturelle et rude, loin, très loin des visages fiers, lisses et insouciants des magazines de mode.

— Bon, maintenant, s'impatienta l'homme, je vais lui donner sa raclée.

— Attends, attends, corrigea la femme

Elle s'approcha encore plus, risqua la main sur la tête et le visage de Charly, recula de deux pas puis sourit :

— Il... il pourrait bien être mon modèle, Ken...

— Ton modèle ? hésita l'homme.

— Bien sûr, regarde-le bien... Tu... tu ne trouves pas ?

— Tu trouves des modèles partout.

— Non… Au contraire… Cette fois-ci, je tiens le bon bout.

Elle avait des doigts longs, presque transparents à force d'être fins. L'enfant les sentit encore inquisiteurs sur sa peau, ses joues, son nez, son menton comme si elle voulait redessiner les contours de sa tête.

— Oui, c'est parfait, admit la femme. C'est vraiment parfait.

Elle lui sourit de nouveau. Avec sa voix qui se fit aussitôt souple et câline. L'enfant ne comprenait plus rien. On lui en voulait tout à l'heure, maintenant on tentait de l'amadouer.

— Viens, viens t'asseoir ici, fit la Blanche.

Petit Charly n'eut pas le cran de bouger un pied.

— On ne va pas te manger, voyons… Très bien. Peut-être voudrais-tu savoir à quoi rime tout ce cinéma ?

Le jeune garçon laissa filer son regard dans le vague obscur. La femme avança brutalement.

— Bon, je me présente d'abord : je suis Rita Blumester, photographe. Je travaille pour une agence de presse en Allemagne et je suis venue faire un reportage ici sur la guerre.

— Cesse de jouer au petit crétin, ajouta l'homme à l'adresse de l'enfant. C'est une chance pour toi d'être photographié par une Blanche. Tu verras, ta grosse tête fera le tour du monde et...

Il n'eut pas le temps d'achever sa phrase. Les lèvres du jeune garçon se détachèrent subitement. Sa voix oscilla entre la peur et le ravissement.

— C'est... C'est vrai ?

— Bien sûr, admit la femme d'un ton enjoué. Et si tout va bien, il y aura une grande exposition qui va mobiliser toute l'Europe sur les drames des enfants pendant les guerres.

— Comme ça, maman saura où je suis et viendra me chercher...

— Ta maman ?

— Oui. Elle a été enlevée depuis trois ans par les rebelles. Je voudrais tant la revoir.

La femme ne s'attendait pas à cette réponse. Elle laissa passer cinq secondes de silence, puis dit :

— C'est une chance que je veux t'offrir, petit : oui, ta maman où qu'elle soit, quoi qu'elle fasse, entendra parler de toi et se découvrira. Au fait, tu ne m'as pas encore dit ton nom.

— Charly !

— Eh bien, Charly, tu es mon joker. Et nous aurons une belle journée pour réaliser l'opération. Alors, rendez-vous tout à l'heure à neuf heures sur le point A du quai. T'aimes le chocolat ? Tiens, il y a un bon paquet ici.

Elle lui tendit une tablette de chocolat. L'enfant la prit aussitôt et la jeta dans la bouche. Il eut la sensation de redécouvrir les douceurs du monde.

Chapitre 15

Le port n'était plus un port. C'était comme un marché, le genre de foire où tout se mêle et s'enroule, où tout échoue et se relève.

Le port n'était plus un port. C'était une espèce de forêt dense et isolée où les hommes se rejettent et s'acceptent, se mangent et s'embrassent.

Dans la ville, les coqs ne chantent plus. Il y a longtemps que la guerre les a tous réduits au silence, morts dévorés par les hommes, morts déchiquetés par des balles perdues. Et en l'absence des coqs, ce sont les coups de canon qui réveillent la ville.

Mais ce jour-là, le port n'a pas eu besoin de crépitements de fusils pour être debout. À quatre heures déjà, les réfugiés s'étaient réveillés. Les réfugiés portent toujours dans leur cœur la peur de mal se réveiller. Ils craignent toujours que les jours se suivent et se ressemblent. Par les drames qu'ils génèrent, les douleurs qu'ils répandent, la mort qu'ils multiplient. Même avant de s'endormir, ils craignent ne plus jamais se réveiller. Alors, ils se mettent sur le qui-vive et attendent.

Alors réveillé, chacun cherche à s'occuper de son corps, à reproduire ces petits gestes matinaux qu'on a toujours accomplis en temps normal : les femmes iront se laver le sexe, les hommes iront se raser et tous ceux qui, la veille, ont eu la chance de descendre un petit rien dans l'estomac, iront derrière le buisson pour faire leurs besoins. Mais ici, il n'y a pas plus de buissons que d'eau et ceux qui avaient envie de faire caca se contentèrent de quelques coins cachés du port.

John s'était réveillé bien plus tard. Bien plus tard, vers sept heures, avant que la terre ne reçoive les premières caresses du soleil. Il s'étira et fit craquer ses os, heureux d'avoir récupéré après une si longue marche. Mais autour de lui, il constata l'absence de Petit Charly. Il refusa de s'en inquiéter car le port était bien protégé, avec des murs épais et hauts, un lieu clos où les limites ne s'ouvraient que sur la mer.

Il eut envie de se rafraîchir quand il entendit quelqu'un le héler.

— John ! Hé, John !

Le jeune homme s'arrêta et tourna les talons. C'était Petit Charly. Il gambadait vers lui, les yeux rieurs, la gencive grandement déployée.

— John, John !

— Oui, Petit Charly ?

— C'est… C'est formidable, John. J'ai rencontré une photographe blanche.

— Une photographe blanche ? Qu'est-ce qu'il y a de réjouissant là-dedans ?

— Une vraie photographe, je te dis, John. Une vraie !

— Oui, mais je ne comprends pas ton enthousiasme.

L'enfant déjà était à deux pas. Il lâcha aussitôt :

— Elle m'a choisi comme modèle. Je vais poser pour elle.

— Mo… modèle ?

Les yeux de John se couvrirent d'un voile de mécontentement.

— Qu'est-ce que c'est que cette histoire ? s'exclama-t-il. Il faut que tu ailles toujours chercher des trucs pas possibles.

— Regarde là, si je mens ! Demande-le-lui. La voilà !

La photographe venait d'apparaître. Flanquée de son malabar, elle portait au cou son appareil photo à long objectif, les poches de son gilet criblées de gadgets. John mit sa main en visière pour mieux la dévisager.

— Qu'est-ce que vous lui voulez à mon jeune ami ? lui lança-t-il dès qu'elle fut proche.

— Comment ? demanda la femme, étonnée.

— Vous n'avez pas honte ? Vous voulez abuser de l'innocence d'un gamin sans protection.

— Oh, John ! soupira aussitôt Petit Charly. Elle me veut pas de mal. Au contraire.

— Tais-toi, Charly ! Tais-toi ! ordonna John.

Un mégot de cigarette traînait par terre. Le jeune homme le ramassa, l'épousseta et le cala au coin des lèvres. À l'aide d'un vieux briquet, il l'alluma et en retira trois petites bouffées.

— Écoutez, reprit-il à l'adresse de son interlocutrice, foutez-lui la paix à mon ami. Il y a mieux à faire dans ce pays que de s'extasier devant les malheurs d'un pauvre gosse. Viens par ici, Petit Charly.

Il esquissa à peine deux pas que la femme se mit sur ses talons. À hauteur du parc automobile, elle le rattrapa.

— Je ne sais qui vous êtes, jeune homme, lâcha-t-elle enfin. Je ne sais si vous êtes son frère, son père ou son… dieu pour décider à sa place. Ce que je sais par contre, c'est que j'offre une chance inouïe à cet enfant pour qu'il soit connu dans le monde entier. Cette guerre a assez duré comme ça et il faut mobiliser la communauté internationale pour la faire cesser.

— Vous… vous parlez sérieusement ? s'enquit aussitôt John.

— Je ne vois pas pourquoi je plaisanterais.

— Vrai de vrai ? Nous voici donc avec le sauveur attendu depuis des années.

Et il explosa. Un ricanement plutôt qu'un fou rire. Comme s'il voulait expulser quelque chose qui lui brûlait l'intérieur.

— Vous êtes bonne, vraiment bonne, chère Madame, continua-t-il sur le même ton. Cette guerre devient intéressante pour tout le monde. Même pour de pauvres nègres habitués à être tués ou vendus pour un mégot de cigarette.

Il montra le reste de ce qu'il venait de fumer, le jeta et l'écrasa d'un coup de talon.

— Un de nos écrivains disait, poursuivit-il :

« Ceux qui aiment les Noirs sont aussi malades que ceux qui les détestent… » Je ne sais pas dans quelle catégorie vous vous trouvez, vous. Mais nous autres, nous ne voulons être ni aimés, ni détestés. Nous ne voulons qu'être respectés. Tu viens, Petit Charly ?

Il tira le gosse par la main et l'emmena. Petit Charly voulut protester et même résister mais la poigne de l'autre l'en dissuada. C'est alors qu'il sentit une ombre dans le dos en même temps qu'une main glisser sur ses épaules. Il se retourna. Le grand diable qui accompagnait la photographe était là, devant lui. Posté sur ses gardes, les traits brusquement gonflés.

— Pourquoi tu veux être ingrat envers la Blanche ? rugit-il. Elle est venue nous aider et tu n'as trouvé rien d'autre à faire que de l'insulter ?

— Laisse-moi passer mon chemin, mon frère, fit calmement John.

— Quand je te parle, faut pas surtout me minimiser, jeune homme. Nous sommes en guerre, d'accord mais nous n'avons pas encore perdu le sens de la politesse.

— Écoute, je…

— Tu n'as rien à me dire. Tu gardes ton gosse mais présente tes excuses à la dame.

John eut un petit rire amusé. Le sommeil avait relâché la peau de son visage hier encore marquée par des signes de fatigue et de nervosité. Maintenant ses pores respiraient la pleine santé.

— Écoute, mon frère. Je ne te dois rien, toi non plus. Mais ce n'est pas parce que la Blanche est là que tu vas…

Il n'eut pas le temps d'achever sa phrase. L'homme lui allongea un coup de poing au menton. L'effet de surprise fut total. Il accusa le coup, ondula de deux pas en arrière mais se recueillit à temps sur la jambe droite. Sous son nez, dégoulinait déjà une traînée de sang. Il ferma les yeux, inspira fortement comme pour se sentir encore en vie. Enfin il rouvrit les yeux, se débarrassa de «sa» guitare qu'il remit à son jeune ami.

— Éloigne-toi d'ici, conseilla-t-il à Petit Charly. Éloigne-toi d'ici car ça va cogner.

Il se mit en position. Les épaules rentrées, le cou tendu, les poings à demi fermés.

Des gens, déjà, s'attroupaient. Les réfugiés qui passaient commençaient à former un demi-cercle autour des deux hommes.

Et tout à coup, John rugit. Un long et terrifiant

rugissement qui creusa les tympans et obligea le gaillard à se boucher les oreilles. Une seconde, juste une seconde de trou noir. Le jeune homme se rua sur son adversaire. Avec sa tête foncée, dirigée droit sur le ventre de l'autre. Et…

« Boum ! »

L'homme fut balancé quatre mètres plus loin, aux pieds des réfugiés. Il roula par terre, tenta de se lever en prenant appui sur son pied gauche. Impossible. Il s'écroula de nouveau et se prit le ventre comme pour calmer la douleur.

— Ça t'apprendra à vouloir jouer les gros bras, fils de chien ! cracha rageusement John. Quand on me cherche, on me trouve.

Le jeune homme bondit et s'écrasa sur son ventre. Les coups de poing commencèrent à pleuvoir. L'autre, dépassé, se contenta de lever les bras pour parer les coups. Et pour supplier, appeler au secours.

Les gens, sortis de la foule, se précipitèrent sur John et le ceinturèrent. On l'emmena aussitôt loin, très loin pour l'aider à retrouver son calme. Il ne décoléra pas pour autant.

— Un tonneau vide ! jura-t-il en regardant son adversaire de loin.

— Oui, mais j'ai eu peur pour toi, lui répondit Petit Charly.

— Peur ? Mais c'est plutôt moi qui ai eu peur pour toi.

— Pour moi ? Et pourquoi donc ?

— Ces journalistes, quand ils débarquent ici, c'est pour nous photographier ou nous décrire comme de petits insectes velus. Je suis d'accord qu'ils se fassent de l'argent, mais pas en nous présentant ainsi.

— Ils... ils nous photographient comme des insectes, dis-tu ? Comment cela ? Je comprends pas.

— Il faut toujours t'expliquer tout, toi.

Ils n'étaient pas loin du quai. Ici, une petite animation se dessinait. Le bateau en accostage, Le Columbia, était l'objet d'une attention particulière. Avec des dockers qui montaient et descendaient, des matelots qui trituraient les cordages du bateau. Une passerelle avait été installée et les gens, progressivement, commencèrent à s'y attrouper et l'on entendait le bruit sourd du moteur s'amplifier.

— Tu vois ce que je vois, John ? fit Petit Charly, intrigué.

— J'ai l'impression que ce bateau s'apprête à

partir. Il faut qu'on en profite, mon cher. Regarde, d'autres réfugiés embarquent. Viens, Petit Charly.

Au même moment, le bateau émit une sirène et aussitôt une vive bousculade se produisit. Des centaines de gens se précipitèrent sur la passerelle pour embarquer à bord. Mais le quai était encombré. Tous voulaient monter en même temps. On hurlait, on se piétinait, on se mordait.

John n'eut pas le temps de se frayer un chemin avec son ami. La foule, derrière eux, les bouscula et les mêla au mouvement général. Et avant qu'ils se rendissent compte de ce qui leur arrivait, ils se retrouvèrent sur la passerelle. Une voix pleine d'autorité s'éleva alors au-dessus de la mêlée :

« Le bateau est plein, déjà suffisamment plein. Nous avons dépassé de loin le nombre de passagers autorisés. Alors, ne forcez pas. Que les autres attendent leur tour ! »

C'était la voix du commandant. Elle était amplifiée par un haut-parleur. Mais la foule, loin d'être désarmée, poussait toujours. Avec la même force, le même entêtement, la même indiscipline.

— Laissez-nous entrer !

— Laissez-nous monter !

— Ayez pitié, commandant.

Des sifflements d'agacement et d'étouffement s'élevèrent. Petit Charly s'accrocha au blouson de son ami. Le corps en sueur, les yeux troubles, il essayait de se dégager pour arriver à respirer. C'est alors qu'un bruit assourdissant se produisit. Un bruit de plancher qui cède et qui fit trembler tout le port.

C'était la passerelle. Elle venait de rompre. Elle venait de craqueler, affaissée sous la pression et le poids des réfugiés. Des réfugiés qui se retrouvèrent, trois ou quatre mètres plus bas, dans l'eau.

Et ça hurlait, ça gigotait, ça barbotait. De partout, des cris de détresse s'élevaient comme des flammes d'incendie. La panique était dans tous les corps, tous les gestes, tous les réflexes.

John, submergé, battit précipitamment l'onde. Lui aussi était tombé. Mais il n'avait pas retrouvé son petit compagnon. L'enfant qui était accroché à lui avait disparu. Il sortit la tête de l'eau et regarda autour.

Oui, il n'était pas loin, Petit Charly. À deux coudées sur la droite, l'enfant flottait, les mains accrochées à la robe d'une femme. Au hasard. Il s'était agrippé au hasard à elle, juste pour trouver quelque équilibre et pour ne pas se noyer. Mais la femme était déjà presque inerte, comme vidée de sa force et de la vie.

John s'approcha, empoigna Petit Charly. Mais l'enfant ne voulait pas se détacher de la femme.

— Je ne peux pas la lâcher… John, fit-il, elle se noie.

— Toi d'abord, Charly. Après, on verra.

— Moi, je peux m'en tirer. Mais la dame, elle n'en peut plus. Il faut la sauver.

Un cri. Un long râle étranglé. Et la femme se débattit, rama l'onde à l'aide de ses bras devenus lourds. Elle avala une tonne d'eau et se retrouva renversée sur le flanc, le visage tourné vers l'enfant. Et Petit Charly vit que les traits de la femme ne lui étaient pas étrangers. Elle avait de gros yeux ombrés de cils longs, un nez busqué, une bouche forte striée de veinules. Et puis il y avait sur la joue gauche, une larme de cicatrice, cette petite cicatrice consécutive à une blessure de jeunesse.

Stupéfait, l'enfant la considéra, ne sachant s'il était victime d'une hallucination ou si c'était la réalité qui le prenait ainsi à la gorge.

Les yeux de la femme, eux, s'étaient brutalement

rouverts. Ils s'agrandirent, un éclair les traversa. Alors, avec toute la force qui lui restait, elle s'écria :

— Charly, Charly, mon petit ! ! !

Un cri de cœur brûlant. La femme s'agrippa à l'enfant et, aussitôt, le relâcha. Les mains rouvertes, les doigts écarquillés, elle venait de livrer sa dernière résistance.

— C'est maman... C'est ma maman, John, s'écria Petit Charly avec stupeur. Sauve-la ! Sauve-nous !

Chapitre 16

Maman Charly ouvrit les yeux. Elle les ouvrit grandement et se réveilla, le visage empourpré par les reflets colorés du soleil. Rêve ? Cauchemar ? Illusion ? Petit Charly, son enfant était bien là, à un souffle de son nez, à une caresse de ses mains. Depuis qu'on l'avait repêchée de l'eau, l'enfant ne l'avait pas quittée, guettant chacune de ses respirations. Elle cligna plusieurs fois des yeux, regarda autour d'elle, s'assura que le soleil était bien réel dans le feu rougeoyant de l'occident puis murmura, le souffle rentré :

— C'est bien toi, Charly. C'est donc toi, mon petit.

L'enfant se jeta dans ses bras.

— Oui, maman. C'est moi. Enfin, tu es là.

L'accolade, l'étreinte. Durant des minutes. Une éternité.

— Ainsi, tu es vivant, mon petit. Dieu l'a voulu. Ils ne t'ont pas tué. Merci Seigneur, merci.

Elle pleurait, la tête courbée sur l'épaule de l'enfant, les bras croisés sur son dos.

John, discrètement, s'était levé et s'était éloigné. Il ne voulait pas s'immiscer dans leur intimité, il ne voulait pas non plus faire couler ses larmes. Des retrouvailles de ce genre sont toujours émouvantes.

Sur le quai, il n'y avait personne. Mais les traces du drame de l'après-midi étaient encore là, vivaces. Le pont brisé, la passerelle se découpait sous l'eau, craquelée sur toute sa largeur. Les abords immédiats étaient encore encombrés d'éclats de bois, de chaussures, de madras, de pagnes et autres bric-à-brac. Heureusement, on ne comptait que des blessés légers.

Le bateau, lui, était parti. Où ? John ne le savait pas. Comme d'ailleurs tous ici. On disait que Le Columbia cherchait, dans sa traversée du golfe de Guinée, un port d'accueil où débarquer ses six cents passagers. Les autres réfugiés, eux, étaient priés d'attendre jusqu'au prochain départ d'un autre bateau. Mais quand ? Et comment cela se ferait ? Seul Dieu le savait.

John s'arrêta brusquement. Il venait d'apercevoir sur le sol les restes de la guitare dont le rasta lui avait fait cadeau. Des planches vernies jaunes, trois filets de corde accrochés à des vis rouillées : la guitare n'avait pas pu résister à la grande bousculade.

— C'était son bien le plus précieux. Il n'avait pas pu lui survivre.

La voix avait vibré derrière le jeune homme. Il se retourna. C'était un courtaud, sec et nerveux, avec des taches de variole sur le visage. Il portait un gilet de cuir râpé et un jean troué de part en part. Sous le bras, et jalousement gardée, sa petite guitare sèche.

— Je m'appelle Max, avança-t-il, je suis un ami de Ray. Nous faisions partie du même groupe musical, les Soft. Il était un peu maboul, mais un type sympa. Un vrai rasta.

— Je suis désolé de ce qui est arrivé, murmura John.

— En arrivant ici, j'ai vu le cadavre. Ray n'a jamais été aussi beau. Il avait un visage d'ange. Je crois qu'il doit être heureux là-haut, aux côtés de Jah. Les fils honnis de cette terre d'Afrique ne l'ont pas raté, mais là-bas, lui serait en train de leur rire au nez.

— Avait-il de la famille ?

— Ray ne voulait pas s'attacher à qui que ce soit. Il disait qu'il était un aventurier sur terre. Il n'avait ni femme, ni enfant.

John se tut. Son regard se perdit dans la mer.

— Il faut lui rendre hommage, fit le musicien en ajustant sa guitare. Quand la guerre a éclaté, nous avons composé une chanson. Il aimait beaucoup cet air. Je vais le lui jouer une dernière fois. Tu veux bien, man ?

Alors, sur des notes à la fois gaies et mélancoliques, l'homme se mit à chanter. Il avait les mots du cœur, les mots d'ici, les mots d'une âme meurtrie.

Je n'ai plus de terre
Je n'ai plus de mère
Je ne sais plus où poser mes angoisses
J'ai perdu le chemin de ma paroisse
Étranger dans mon propre corps
J'erre à travers tous les ports
Mais il n'y avait plus rien à voir
Seule la mer était à boire
Est-ce cela être réfugiés ?
Ou vous voulez parler d'humiliés.

Déjà se formait un attroupement. Le musicien reprit son refrain. Cette fois-ci, avec beaucoup de fantaisie dans la voix. On dirait du blues avec des accents reggae-ragga, un rythme enjoué qui se laissait danser mais qui faisait aussi réfléchir.

John, lui, se laissa emporter à la fois par la mélodie et les paroles du musicien. En quelques secondes, il revécut les premiers moments où la guerre avait éclaté dans son village. Ces images l'avaient toujours hanté. Elles revenaient chaque fois qu'un incident surgissait dans sa vie, elles se réveillaient dans sa mémoire chaque fois que quelque chose l'émouvait.

Des réfugiés reprirent en chœur la chanson. L'air n'était pas connu. Mais tout le monde s'était retrouvé dans le texte et en psalmodiait les vers avec beaucoup de ferveur.

Là-bas, sur la mer, un cargo venait d'apparaître. Il avançait lentement comme s'il se sentait lassé par sa longue traversée ou s'il anticipait déjà sur son repos à venir.

Aussitôt, une grande clameur. Elle s'éleva partout dans le port. Les réfugiés saluaient ainsi l'entrée du nouveau bateau. Et tous se précipitèrent sans attendre vers le quai, convaincus que le cargo arrivait exprès pour les embarquer. Mais vers où ? Sous quels cieux ? Personne ne voulait rien savoir. Le plus important c'était de partir, de se confondre avec l'horizon.

Le musicien, interrompu par les cris des réfugiés, se tourna vers John et conclut :

— S'il est vrai que ce bateau est venu pour nous, alors il faut croire que Jah veille sur notre peuple. Non, man, Babylone ne réussira jamais à éteindre la race. Allons, maintenant il faut finir de rendre hommage à Ray. Je joue le dernier refrain et nous allons prier, hein !

Chapitre 17

Lentement, la côte s'éloignait. À mesure que le bateau gagnait le large, les contours du port s'estompaient dans la brume du petit matin. Enfin, le cargo avait levé l'ancre. Enfin, les réfugiés se sentaient soulagés. Embarqués à bord depuis la veille, ils avaient dû attendre jusqu'au matin pour le grand départ.

Et combien étaient-ils ? Peut-être deux mille. Ou davantage encore. Car ceux qui étaient restés n'étaient qu'une poignée. Et les Casques bleus avaient veillé au grain pour éviter toute surcharge.

John et Petit Charly n'avaient pas quitté le pont du bateau. Comme les autres passagers, ils regardaient les réfugiés restés sur le quai agiter la main en leur direction. Ils ne voulaient rien perdre du spectacle. Cette séparation particulière avec leur pays était unique et ils voulaient en fixer les images, les dernières dans le secret de leurs mémoires.

À côté, la mère de Charly pleurait silencieusement. Elle avait certes retrouvé son fils, retrouvé ses émotions de mère mais il lui restait encore des douleurs à éteindre là. Oui : tant de souffrances, tant d'épreuves pour en arriver là ? Cette terre qui lui avait tout donné et qui lui avait tout repris la forçait maintenant à l'exil. Elle l'envoyait sur le chemin de l'ultime aventure, le grand large de l'inconnu.

Non, ils ne s'étaient pas retrouvés par hasard. Non, elle ne voulait pas embarquer à bord du Columbia. Non, elle n'avait pas inscrit dans ses projets la décision de prendre la fuite. Elle était venue ici au port, comme partout où ses pas s'étaient risqués, pour chercher le seul bien qui la retenait encore en vie : son fils Charly. Combien de soleils a-t-elle ainsi essuyés sur le crâne ? Combien de fatigue a-t-elle ainsi vaincue ?

Alors, avant que le bateau ne s'éloigne, elle raconta à son enfant et à John les trois années pendant lesquelles elle était demeurée prisonnière des rebelles. Trois ans chez les révolutionnaires du Front unique, à être exploitée comme domestique, comme esclave. Trois ans à subir les maltraitances de ces jeunes soldats toujours ivres d'alcool et de chanvre indien. Puis un soir, elle s'était enfuie, avait titubé de bivouac en bivouac, de brousse en brousse. Et, au bout de son errement, elle s'était retrouvée dans un camp de Casques bleus et avait été forcée à se joindre aux réfugiés du convoi FNUP… Ah ! Elle savait, Maman Charly, que son histoire ressemblait à celle de tant d'autres. Mais elle ne voulait pas taire à son enfant les angoisses qui avaient traversé son cœur de mère durant tout ce temps de séparation.

Sur le pont, deux enfants venaient de sortir de la masse informe qui grouillait et s'animait. Deux enfants que John et Petit Charly reconnurent au premier regard. C'étaient les petits mutilés que l'on avait présentés à la foule des réfugiés la veille. Ils avaient oublié, semble-t-il, leur infortune et jouaient à cache-cache derrière les passagers qui arpentaient le pont. John les regarda longuement. Il aurait voulu qu'ils lui donnent un peu de leur insouciance retrouvée.

« Le royaume de l'enfance, murmura-t-il intérieurement, retrouver ce royaume pour tout oublier. »

Mais lui, n'était pas enfant. Adulte était-il en devenir ; un adulte déjà marqué et traumatisé. Il aurait voulu devenir amnésique ou fou pour ne plus jamais y penser.

« Oui, la folie. Pour tout oublier. »

Les deux enfants continuaient de jouer sur le pont. La fille gambadait devant le garçon qui lui courait après. Soudain, le petit s'écroula, déséquilibré par un geste trop brutal. Unijambiste, il avait mal négocié l'espace entre son pied et le bois qui lui servait de béquille et avait raté le pas. Dos au plancher, il ne put se relever que grâce à un passager. Sa sœur manchote ne pouvait rien pour lui. Les séquelles de la guerre venaient de les rattraper.

Et John qui enviait leur sort, se rendit compte de l'étendue de leur malheur. La guerre, tout le monde la ressentait ici, la vivait là, la portait dans les plis du corps.

« C'est une épreuve qui n'est condamnée à mourir en soi que lorsque la mort elle-même viendra éteindre le corps », reconnut-il.

Là-bas, sur le quai, était encore remarquable la frêle et petite silhouette du musicien-poète. Lui, avait refusé de monter à bord. Il ne voulait pas mordre maintenant dans l'aventure. Il avait décidé de rester là, au port pour tenir compagnie aux réfugiés en transit. Le musicien était convaincu qu'il était utile à tous et qu'il avait le devoir de dire

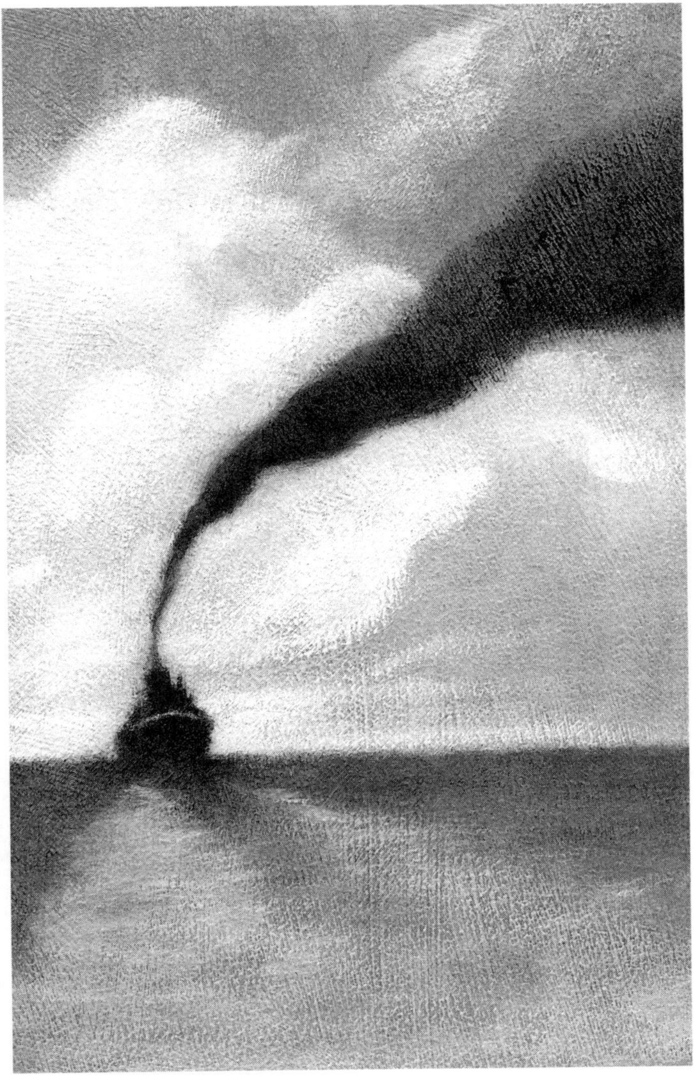

l'espoir aux passagers avant qu'ils n'embarquent. Lui partirait sans doute avec le dernier réfugié, dans le dernier bateau, à la dernière heure.

De loin, John le regardait s'évanouir dans la brume. Au lieu des mains, lui disait la séparation avec sa guitare. Malgré la distance, la musique leur parvenait, portée par le vent. Il disait :

Et le destin en a décidé ainsi, mon frère
Va, va aussi loin que l'autorise l'espoir
Va rechercher là-bas la nouvelle sève
Qui redonne à nos cœurs
La force de rebâtir nos rêves
Où a-t-on vu un peuple mourir ?
Je t'attends ici ma sœur
Va rechercher là-bas la force
Qui cicatrise nos plaies
Et reféconde nos terres.

John retint de justesse les larmes qui grondèrent tout au fond de ses yeux. Il n'aimait pas les adieux déchirants. Il aurait voulu que les vers du musicien lui inspirent autre chose que de la faiblesse. Il se retourna et s'adossa à la rambarde du pont. Mais la musique, avec insistance, venait lui effleurer l'oreille. Cette fois-ci par à-coups avec des morceaux de vers et des mélodies déchirés par le souffle du vent.

Maman Charly avait suivi sa réaction. Elle s'approcha pour le consoler. Sur son front, elle appliqua un amer baiser et lui souffla, la voix toute perlée :

— T'en fais pas, John, ce pays, nous ne le quittons pas. Mais nous nous en éloignons, juste le temps que nos blessures se cicatrisent.

John s'accrocha à son cou. Le bateau lança une longue sirène et éleva d'un train sa vitesse. L'horizon, devant lui, s'ouvrit comme une montagne qui s'effondre.

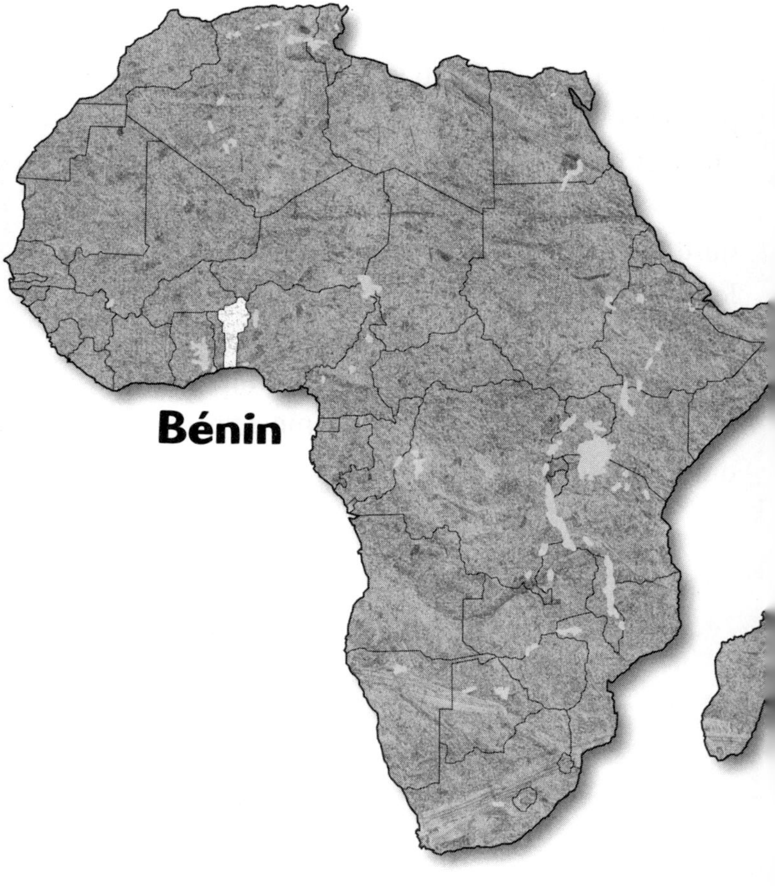
Bénin

Dans la même collection

Zaynab Alkali, *Jusqu'au bout de ses rêves*

Beryl Bowie, *Un vélo dans la tête*

Beryl Bowie, *Les Esprits mènent la danse*

Nicole Cage-Florentiny, *Confidentiel*

Sharon G. Flake, *Black Blues*

Chukwuemeka Ike, *Fils de panthère*

Evan Jones, *Aventures sur la planète Knos*

Mohamed Kacimi, *Le Secret de la reine de Saba*

Phillida Kingwill, *Le Message de l'aigle noir*

Kwasi Koranteng, *Mission spéciale*

Gisèle Pineau, *Caraïbes sur Seine*

Ken Saro-Wiwa, *Mister B millionnaire*

Robin Saunders, *Clone n° 7*

Francis Selormey, *Kofi, l'enfant du Ghana*

Cet ouvrage a été achevé d'imprimer
par l'Imprimerie Floch à Mayenne en juillet 2001.
D. L. : septembre 2001. N° d'imprimeur : 51907.
Imprimé en France